詩人の魂
久保田万太郎

瀬戸口宣司
Setoguchi
Nobushi

アーツアンドクラフツ

久保田万太郎と愛猫トラ（写真提供＝慶應義塾）

目次

文学への思い

俳句への情熱

久保田万太郎と猫

装丁◉林二朗

文学への思い

久保田万太郎という人

久保田万太郎は自分の俳句は、小説家、戯曲家または新劇運動従事者の「余技」でしかないといっていたが、一方では自信も持っていた。俳句を愛する人が口をそろえていっているように、久保田万太郎の俳句は、俳句を詠まない人でも好んでその世界に浸ることができる。このぼくもそうである。あとで引用する「煮凝り」の句など晩酌を欠かさない身にとっては、昔を思い出しそうで酒が咽喉につまる。このエッセイ的評論はぼくが所属する小冊子「感情」に当初「俳句に徘徊（久保田万太郎に添いながら）」と名づけて連載した。久保田万太郎の叙情ゆたかな表現の句を味わいながらその思いをともにし、ときによってはほかの人の俳句をも読んで綴っていきたい、そう思っていた。特に文人の俳句には面白いものがある。夏目漱石や芥川龍之介などにも有名な句が残っており、それぞれの人物像がしのばれることはご存じの方も多いことだろう。

これを書き始めたのは十一月である。酒飲みにはそろそろ熱燗の季節。ぼくもたしなむくらいはやるし、つきあい程度にも飲む。晩酌の楽しみをみずから避けようとも思わない。

熱燗やとかくに胸のわだかまり　（『藻花集』大5）

飲みながらも何か楽しめない「わだかまり」がある。だれかと言い争いでもしたか、あるいは人に謂れのないことをいわれたか。こころにひっかかったまま飲んでいる。

煮凝やいつまで残る酒の悔　（『春泥』昭10）

という句もある。

酒を飲む身にはひとつやふたつの悔いを持っているものだ。酒のうえでのことだ、で済めばいいが、あとから思うと苦い酒になってくる。若い時など飲んで議論好きの人に絡まれたりすると、こちらも負けずにやったものだが、醒めたあと嫌なことをいったのではないかと、気になったものだ。

久保田万太郎の俳句には前書が多いことはよく知られている。小説家、劇作家または舞台人であり放送界で活躍した人である。前書にはそれぞれの場でのいきさつがあることはいうまでもない。久保田万太郎の俳句を理解するためにはそのことのひとつひとつを知ることがより深い鑑賞につながることではあるが、しかし、その句が持つ味わいからでも十分に自己との照らし合わせは出来よう。ここではそれも含めて、久保田万太郎の俳句に添ってみたいと思う。

熱燗のいつ身につきし手酌かな　（「春燈」昭34）

老残のおでんの酒にかく溺れ　（同）

久保田万太郎の生涯をみてみると、必ずしも平穏な日々を送ったとは思えない、いろいろなことが分かる。これを書きながら少しずつ述べていくことになるが、ぼくが読んだものでは後藤杜三の『わが久保田万太郎』（青蛙房　昭和四十九年）や戸板康二の『久保田万太郎』（文藝春秋　昭和四十二年）、小島政二郎『俳句の天才―久保田万太郎』（彌生書房　昭和五十五年）、川口松太郎の『久保田万太郎と私』（講談社　昭和五十八年）、あたらしいところでは中村哮夫《たかお》氏の『久保田万太郎―その戯曲、俳句、小説』（慶應義塾大学出版会　二〇一五年）や髙柳克弘氏の『どれがほんと？　万太郎俳句の虚と実』（慶應義塾大学出版会　二〇一八年）が専門的でより深い解説と鑑賞を味わうことが出来る。

しかし『わが久保田万太郎』は著者が「ほぼ全生涯にわたって記述してあるが、けっして伝記ではないし、世に謂う評伝の類でもない。さればとて、虚構の真実を旨とする小説だと揚言して世にとうほどの自負もない」といっているのだが、ぼくが感じたところではすこし穿ち過ぎの気がしないでもない。知りすぎた人の、一方的な解釈に寄りかかりがあるのは残念でもある。ことさらに人の性格の片面だけを捉えて、その思い込みで書いていくのは悪意とでも受け取られかねない。

戸板康二によると「いろいろ批判があるようだが、久保田万太郎は、人間として魅力があったと思う。ずいぶん誤解もされているし、憎まれる場合もあった。／しかし、ほんとうの万太郎は、さびしい人だった。人なつこい人だった。その欠点と思われるもの一切をふくめて、興味の尽きない人であると同時に、やはり、類のないよさを持っていた」（『久保田万太郎』）と述べている。ぼくにはこの戸板康二の人間観察のほうが的を得ていると考える。万太郎は、酔っては「どうでもいいけどさ」とつぶやく癖があったという。

自分の信じるままに生きる。多少の批判、中傷があってもそんなことはどうでもいい、おれの作品を見てくれ、という芸術家としての魂が強くこころにあったと思う。ここでは久保田万太郎の俳句を追って、日本人のだれもが持っている、豊かな、溜息のような、しっとりとした人生の機微を味わっていきたい。そのような美意識の世界を産みだした久保田万太郎という人間が、だれかがいうように、権威主義者であったなどの陰口は負け犬の遠吠えとさして変わりはない。

いわゆる久保田万太郎についての「誤解」を厳しく、客観的に、広い視野で論じているのは吉田健一である。吉田健一は「久保田万太郎」（『作者の肖像』読売新聞社　昭和四年）のなかで「人々は久保田万太郎の人情とか、懐古の趣味とかいふことを言つてゐて、その仕事の厳しさ、つまり、厳しい精神の規律から生れた格調には気付いてゐないか、或は背を向けてゐるやうである」と指摘し、久保田万太郎の作品の世界は狭くて、そこには下町とか下町の人間しか出てこないという、そのような世間の思い違いには「文学の世界では人間は人間でなければならない。人間に型があるなどと考へるのは作品で人間を描き、又、人間が描かれてゐるのを認めたことがなくて、それがどういふことであるかも窺ひ得ないものがすることであり、それは文学の世界を離れても人間を否定するものである」と戒めて、久保田万太郎の作品の人間は「我々に肉声で語り掛ける、又、肉声を発して人生を生きて行く老若男女」であるのだと、紳士的に、理路整然と正している。引用がすこし長くなったが、久保田万太郎の俳句を鑑賞していくうえでも、聞き逃してはならない話である。その句の背景のことは先に述べたとおりではあるが、まず作品そのものとまず向きあってみたい。

手酌酒はなぜかわびしい感じが先にたつ。ここでの「いつ身につきし」はますますその思いが強くなっている。作者になにがあったのだろうか、読む者のこころにも波がたってくる。どこか人生の悲哀が見えてくるのである。だが、独りで静かに楽しみたいむきには、気に入ったぐいのみに手酌で一杯もこたえられない。久保田万太郎は家庭での不和などでひとりでこのような生活を送ったことがある。久保田燗といわれるほど熱燗がすきだったようだ。「わだかまり」の句は大正五年（一九一六）、二十七歳、「身につきし」や「老残」は昭和三十四年（一九五九）、七十歳の作である。これだけの歳月のへだたりがあっても久保田万太郎の味は読める。俳句の面白いところであろうか。

川口松太郎は久保田万太郎よりちょうど十歳年下である。そのあまり年の差がない川口松太郎は久保田万太郎の「弟子」だという。川口松太郎によると久保田万太郎の小説「今戸橋」（「中央公論」大正四年三月）を「むさぼるように読みふけって、わけもなく酔ってしまった。

何という美しい文章だろうと感激し切ってしまった」（『久保田万太郎と私』）といい、久保田万太郎の家を訪ねている。この小説の舞台の今戸は川口松太郎が生まれた場所であったから興奮したのも無理はない。駒形の家を訪ねた時は留守であったが、その後、家の近くで小山内薫の話を聞く会で、そこに来ていた久保田万太郎に出会った。お宅に伺ったことを話すと覚えていて「また遊びにいらっしゃい」と声をかけられたという。久保田万太郎二十六歳、川口松太郎十六歳の出会いであった。訪ねて行ったのはそれから二年後のことだった。

久保田万太郎の俳句の特色

久保田万太郎の世界は下町の情緒が色濃いということをいい、それが特徴のひとつでもあるし、誤解される一因でもあると思われる。

島崎先生の「生ひ立ちの記」を読みて

神田川祭の中をながれけり　（『草の丈』大14）

この句などはまさに下町の雰囲気を醸し出す代表的なものだろう。神田川と祭。これ以上の組み合わせはない。島崎先生とは藤村のこと。久保田万太郎は藤村を敬愛していた。この祭は神田明神のお祭りとよく勘違いされるようであるが、石田小坡の『草の丈』久保田万太郎覚書」によると「神田川は、井の頭の池から流れ出て、善福寺川と合流、飯田橋、お茶ノ水を経て柳橋で隅田川にぶつかる。その神田川が、榊神社の祭に賑わっている中をひっそりと流れている」その様子を詠んだものだという（『俳句現代3　読本　久保田万太郎』角川春樹事務所　二〇〇一年三月　以下「読本　久保田万太郎」と表記）。

ぼくなどは神田川と聞けばまだ二十代のころに流行った、南こうせつとかぐや姫の歌「神田川」を思い浮かべる。哀愁を帯びたメロディで当時の若者のこころを摑んだ。安いアパート暮らしか下宿の生活で大学に通った。田舎から出てきた者はたいてい近くの銭湯に行った。毎日行くほどのお金に余裕はなかったが、風呂上がりのコーヒー牛乳がそのときの贅沢な飲みものだった。そんな生活を侘しいとか苦労だとかは思わなかった。三畳ひと間のアパートで、親からの仕送りを一週間で使ってしまっても、アルバイトやなにかで食いつないでいた。この歌を聴くたびにそんな当時のことを思い出してしまう。

「柳橋」と前書のある句に、

秋の暮汐にぎやかにあぐるなり　（『これやこの』昭18）

がある。神田川が隅田川に合流するあたり、普段なら淋しい秋の暮れ方、しかし今見ると、ちょうど満潮で潮が寄せてきている。その波がぶつかりあってあたかも「にぎやか」にさわいでいるようにも感じられたというのであろう。

小説家・劇作家としての久保田万太郎の業績はここであらためていうまでもない。俳句は「余技」でしかないという本人の言葉なども今では誰も信じてはいない。小説家・劇作家としての久保田万太郎のすがたと俳句を詠むそのすがたをいろんな人の批評から探ってみると面白い共通性が見えてくる。

そのひとり三島由紀夫は劇作家としての久保田万太郎を次のように評している。

ほかの西洋風を看板にした劇作家よりも、はるかに西洋くさい、といふのが、私がかねてから抱いてゐた意見である。知的教養の上の西洋風よりも、氏の頑固な個性の守り方、スタイルの操守は、一見古くさいものに見えながら、実はもつとも西洋風なものであり、そこに氏の深く秘されたハイカラの真面目があつた。

（「久保田万太郎氏を悼む」『文藝』昭和三十八年七月）

同じ文章で「日本の戯曲は、文体を失つて久しいが、明治以来の戯曲で、真に文体を持つ劇作家は、正直のところ、森鷗外と久保田氏のほかに私は知らぬのである」とまでいっている。追悼文という性格を抜きにしても、三島由紀夫をしてここまで評価されると頷くしかない。一方、久保田万太郎の俳句の実態について文芸評論家の篠田一士に次のような評がある。

万太郎の俳句の特徴は、芭蕉やそれ以前からの俳句独特の軽み、ふざけ、遊びが生きているということで、要するにハイカラなんですね。江戸俳句にあった、時代の先端をいくようなハイカラという感覚、それが万太郎の句にもある。だから必ずしも新しいとはいえないわけで、むしろ古いものを逆手に使って新しさを出す、一見詩にはとても向かないような言葉を使う、そういうやり方で万太郎は小粋で洒落たハイカラな感じを出したんです。

（「久保田万太郎」『三田の詩人たち』講談社文芸文庫　二〇〇六年）

三島由紀夫は、久保田万太郎のスタイルの操守は、一見古くさく見えながらも西洋的であり、ハイカラだといい、俳句を論じた篠田一士も時代の先端をいくようなハイカラの感覚があり、古いものを逆手にとって新しさを出しているという、その違った分野の芸術に対する批評が同じ帰結で面白いのである。そしてこれを書いているとき『久保田万太郎全集』（中央公論社　第十四巻　昭和五十一年　以下『全集』と表記）を見ていて興味深い一文を発見した。それは「『藻花集』の後に」というもので久保田万太郎はそのなかで「いつてみれば、所詮発句は歌舞伎劇である。歌舞伎劇が〝約束〟のうへに築かれた芸術であるやうに、発句もまた〝約束〟のうへに築かれた芸術である。――伝統を離れて発句はない」といっているのだ。俳句に向かう姿勢がよく窺われる言葉である。伝統を重んじ、なお時代に沿った新しい表現をも求めていくすがたを見ることが出来る。

翁忌やおきなにまなぶ俳諧苦　（「春燈」昭27）

翁忌は松尾芭蕉の忌日。桃青忌ともいう。あの俳聖といわれた芭蕉さへ一句詠むのに苦しんだ。その思いを自分も学ばなければならないといいきかせている。余技だといって周りを煙にまいていながら、久保田万太郎はきちんと自分の姿勢を句に残している。篠田一士の見解のように芭蕉の影響を強く受け継ぎ、俳諧の伝統を自らの作に生かしていった。久保田万太郎の句には読者のこころをしんとさせる情緒がある。同じ句を読み返すたびにそこに訴えてくる哀感とも言えるような、または溜息のような市井に生きる人のすがたを思わせるのである。

冴ゆる夜のこゝろの底にふるゝもの　（『久保田万太郎句集』昭13〜17）

物思いに耽る時がある。体は疲れているものの、妙に眠くならない。その日にあったことなどを考えているうちに、ひょっと昔のことが浮かんでくる。たとえばそれはしばらくつきあっていた女性だったりする。その人が今は行方がわからない。顔もおぼろになってきてはいるが、耳元に残る声はいまも聞こえたりする。その人のことがまだ自分のこころにあったのかと驚き、ますます眠気は遠のいていく。「冴ゆる」は冬の季語。冬の夜は「こころの底」で自分を思いかえす時間をもつこともあるのだろう。

わが胸にすむ人ひとり冬の梅　（『春燈抄』昭21）
いまは亡き人とふたりや冬籠　（『春燈抄』昭20）

「ひそかにしるす」という前書がある。どの道このような話は「ひそか」なことだ。「わが胸」のなかの女性は誰なのか。中村哮夫氏によれば吉原の芸者・西村あいという人であるとか。東京大空襲で亡くなったそうだ。読者はわが身に照らして思い当たることを、それこそ「ひそか」に胸に秘め、作者と同じような思いに浸ればよい。男女の仲の悲喜交交は当事者にしかわからない。久保田万太郎は女性運が悪かったようにも思えるが、そうならばこれは本人の所業で仕方のないことだ。

久保田万太郎は俳句は「即興的な抒情詩、家常生活に根ざした抒情的な即興詩。――わたしにとって「俳句」はさうした以外の何ものでもありえない。――と、はっきりさうわたしにみとめがついたのである」（『道芝』跋　友善堂　昭和二年）という。季語の重なりであったり、前書の多さや、現代的な言葉遣いさえも久保田万太郎は多様な人間の在りようを、自らの生きかたに照らして描いた世界を持っていたと思うのである。

俳句へのはじまり

久保田万太郎が俳句を作りはじめたのは十六歳の頃（明治三十八年・一九〇五）からである。最初の句集『道芝』（友善堂　昭和二年）の跋に次のように書いている。

……わたしが「俳句」といふものをつくり覚えたそも〳〵は中学三年のときである。誰に手ほどきされたともなく、みやう見真似、自分にたゞわけもなく十七文字をつらねて満足したにすぎない。

というほどであった。その頃は「明星」を愛読しており短歌や詩のほうに興味を持っていたという。歌集や詩集、小説を買って読んでも、俳句に関する書物はもってもいなかった。俳句の世界がどんなものかも知らなかった。

しかし、興味を持つにつれて「運座」(句会)という集まりがあるのを知り、いろんな運座まわりをするが、自分の俳句が「面白いやうに抜ける」ようになり自信をもった。やがて同級の大場白水郎と三田俳句会に出席するようになり、そこでいままでの運座で経験したことがない「透明な空気を感得すると同時に、真実な、つゝましい、しみ〴〵した俳句の生命感に触れることができた」(『道芝』跋)と振り返っている。久保田万太郎はそれ以来俳句に対する好尚が急激に変化したと言っている。

久保田万太郎はその後、松根東洋城の門下に入るが、松根東洋城は久保田万太郎の句をほかの練達の先輩たちの句とどうように「国民新聞」の俳句欄に掲載してくれた。松根東洋城のもとには「慶應義塾普通部の五年の春から同じく大学予科二年の秋まで」の二年間であったが、久保田万太郎はその間のことをつぎのように書いている。

わたしの俳諧生活はすゝむところまですゝんだ。昂騰するところまで昂騰した。飛翔するところまで飛翔した。——身を粉にくだいてわたしは精進した……

(『道芝』跋)

まだ二十二歳の青年である。しかし、久保田万太郎はこのあと俳句からはなれ、「白樺」「新思潮」「三田文学」などで小説家を目ざしている同年配の活躍を見て、小説や戯曲の執筆を志していく。このことは「小説家への道」の章で述べる。

安住敦の後を引き継ぎ「春燈」の主宰になった成瀬櫻桃子は久保田万太郎をどういうふうにみていたであろうか。成瀬櫻桃子に『久保田万太郎の俳句』という著書がある。これは久保田万太郎の俳句についての解説・鑑賞の決定版ともいうべき本だといえる。出版の趣旨が書いてあるので「あとがき」から先に見てみる。

俳句の門下の一人として、三十三回忌を期して今まで書き綴ったものを一本にまとめて捧げることにした。あくまで万太郎俳句入門の手がかり程度のものである。万太郎俳句は奥深く究め尽せない。ここから出発である。未完成の俳句の将来性に対して万太郎俳句は多くの示唆をもたらすものである。

三十三回忌には劇団・文壇はもちろん各関係者など二百余名が参集したという。成瀬櫻桃子も久保田万太郎の衰えない魅力に感服している。

『全集』の第十四巻（中央公論社版）に「季題別全俳句集」が掲載されていて、それぞれの句に、出典や作年がつけられている。

調べてみると一月から十二月までの句の中で「暮雨」の号で発表された句が三十あった。作年はない。この全俳句の収録にあたっての凡例を見ると「〝暮雨〟で示したものは、俳号を〝暮雨〟と称した時代――明治三十八年頃から大正三年頃まで――をいい」とあり、はっきりした作年は不詳である。

獅子舞のさて書ちかくなりにけり　（暮雨）

一月の句である。「さて」という言葉遣いがなんとなく後の久保田万太郎を思わせる。朝早くから舞っていた、少し早いが昼飯にしようということか。

永き日の火事吉原ときこえけり　（『最近新二万句集』暮雨）

四月である。陽が落ちるのも遅くなった。火事だという騒ぎのなかに吉原だという声がきこえた。久保田万太郎にはあるいは知り合いがいたかもしれない。近くに行ってみようかどうするか迷ってもいる。

欠けそめし月の白さや露の秋　（『最近新二万句集』暮雨）

こういう風景描写と季節の移り変わりへの思いはこの頃より味わい深いものがありその後の久保田万太郎の特徴をなしている。

久保田万太郎が身を粉にして精進したという俳句への情熱は二十一歳頃（明治四十二年）から次第に小説や戯曲への執筆へと変わっていく。しかしまったく俳句を詠んでいないわけでもない。「季題別全俳句集」には明治四十二年から四十四年までかなりの作が載っている。これは松根東洋城選で「国民新聞」に同門の飯田蛇笏、原月舟、野村喜舟らと掲載されたものである。成瀬櫻桃子が指摘するように久保田万太郎の初期の名句はこの時代に詠まれたものである。

海《ば》嬴《い》うちや廓ともりてわかれけり　（『草の丈』明42）
奉公にゆく誰彼や海嬴廻し　（「国民新聞」明42）

久保田万太郎のなかでも有名な句である。この句が二十歳の句である。「海嬴うちや」は『道芝』では「海嬴打ちの」とあり、『草の丈』では「海嬴の子の廓ともりてわかれけり」になっている。このことに小澤實氏は「〝海嬴うち〟が大人の遊びと誤解されることを恐れて、こう直されたのではないか。浅草の子は遊郭とも自然に関っている」（『万太郎の一句』）と解釈されている。
「奉公にゆく……」の鑑賞でぼくが気に入っているのが成瀬櫻桃子の次の言葉である。

少年たちが海嬴打ちに興じている状態を描き、彼らのそれぞれが、年を越して来春になれば西東に別れ別れになって奉公先に、ちりぢりになってゆく、と言っているのだ。遊びに興じている少年たちの上に、一抹の哀愁をただよわせて、版画の世界のような詩情をにじませている。

久保田万太郎の門弟らしく詩情という言葉で作者の思いを深めている。それに加えて小澤實氏は作者が二十歳であることを踏まえて「学生である自分だけが取り残されている。故郷、浅草での実感であろう」との考えもなされている。名作の味わいは奥深い。

久保田万太郎は少年の頃から樋口一葉にことのほか愛着を持っていた。浅草下町育ちの久保田万太郎にとって、一葉の小説の下町の情景は自身のそれと同じであった。一葉の作品を脚色し上演したものも多い。

一葉忌ある年酉にあたりけり　（『冬三日月』昭24）

石蹴りの子に道きくや一葉忌　（同）

の句もあり一葉を偲んでいる。頼まれた大学での講義でも一葉についての話は得意であった。

関森勝夫氏の『文人たちの句境　漱石・龍之介から万太郎まで』（中公新書　一九九一年）を読んでいたら室生犀星に「海贏打つや悪まれる子世に蔓りて」の句があった。子供の遊びには必ず年高で威張っている子供がいたものだ。「世にはばかる」ではなく「はびこる」が面白い。
明治四十三年の句をいくつか見てみよう。

雛の間へまがりて長き廊下かな　（「国民新聞」明43）

三月である。二十一歳の学生がどなたの家をおとずれたのだろうか。雛飾りをした大きな屋敷に招待され、きょろきょろしている様子ともとれる。よほどお雛様がすきだったのか、大正、昭和にかけて五十近い数の雛がいる。

芝居見しきのふなつかし秋の暮　（「国民新聞」明43）

十月になるともちろん秋であるが、秋風や秋の暮が多くなる。明治四十二年に「秋風の廓に近き箕輪かな」（「国民新聞」）があるがこの頃から廓が頭から離れない、と言ったら叱られそうだ。一緒に遊んだ友達の家にちかいと思ったのであろうか。
よく知られている句に「秋風や忘れてならぬ名を忘れ」（『冬三日月』昭和二十五年）がある。

まだ惚ける年齢でもないのに、とぼけた味がおかしい。

大正五年（一九一六）、久保田万太郎は新進作家として名も売れ、「三田文学」や「新潮」「中央公論」などに発表していた。そのころ劇団の関係者が仲間で俳句の会を作りたまたま誘われた。うまいので前にやっていたのかと疑われたりしたがうまくごまかした。この時期に「傘雨」と名乗っていた。二十七歳であった。

小説家への道　㈠

明治四十四年（一九一一）、久保田万太郎は慶應義塾大学の学生のときに書いた小説「朝顔」が『三田文学』（六月号）に掲載され「東京朝日新聞」で小宮豊隆に褒められ、はじめて書いた戯曲「遊戯」も『三田文学』（七月号）に載り「国民新聞」で島村抱月が賞讃、また『太陽』の懸賞に応募した戯曲「Prologue」が小山内薫の選で同誌に掲載されるなどした。「朝顔」はその出来について、夏目漱石の弟子で文芸評論家の小宮豊隆と、当時「早稲田文学」の記者だった中村星湖が「東京朝日新聞」紙上で大論争を繰り広げた。二人は生年が一八八四年と同じ。まだ無名の新人の短篇についてこの二人の論争は世間の耳目を聳動させたことはいうまでもない。これでいちばん得をしたのは久保田万太郎である。ましてや「Prologue」も褒められている。こうして若い新進作家・久保田万太郎が誕生した。これにはもう一つの話がある。

久保田万太郎の「夏目先生についてのおもひで」という随筆がある（『全集第十巻』）。書き出しが『漱石全集』の二十巻「日記及断片」の明治四十四年五月十四日の引用から始まる。

急に端書が来て国振の御馳走をするから今夕来てくれと云ふ。ついで電報が来た。（中略）松根の宅は妾宅の様な所である。築地辺の空気は山の手と比べると遥かに陽気である。

松根とは俳人で宮内庁式部官の松根東洋城のこと。松根東洋城は夏目漱石の愛媛県尋常中学校（松山中学）での教え子で俳句も学び、終生師と仰ぎ交流した。俳句は漱石の紹介で正岡子規の「ホトトギス」に参加している。

漱石はこの明治四十四年の八月十八日に大阪で講演のあと「宿屋で寝てゐると何も食んのに嘔吐を催ふしてとう〳〵胃をたゞらして夫から血が出ましたので驚ろいて湯川胃腸病院へ這入つて三週間程加養して夫から東京へ帰つて又々須賀さんにかゝりました（十月十三日付、森成麟造宛書簡　修善寺での担当医師）」とあり、九月十四日に帰京した。前年にはあの「修善寺の大患」で大吐血をしている。

松根東洋城はすぐにお見舞いに駆けつけたようで漱石から九月十四日付のはがきで、

今朝は御多忙中ありがたく候
灯を消せば涼しき星や窓に入る
蝙蝠の宵々毎や薄き粥
（右病院にて）

という俳句入りの礼状をもらっている。

話がそれてしまったが、久保田万太郎は俳句の師は松根東洋城だとつねづねいっていた。先の随筆でも「わたしは慶應義塾の本科になつたばかりで東洋城さんと一しよに、始終、俳句ばかりつくつてゐた」と書いている。随筆に松根東洋城と久保田万太郎の会話がある。

と、ある晩、

「君、夏目先生がうちへ来るよ。」

東洋城さんはいつた。

「ほんたうですか？」

わたしは東洋城さんの顔をみた。

「御馳走をするよ、うちで。」

東洋城さんは機嫌のいゝときにいつもみせる微笑をみせた。

「いつです？」

「日はまだ定めない。——そのうちに……」

「…………」

「そのときは、君、手伝ひに来給へ。」

「えゝ、来ます。」

わたしは言下にこたへた。


五月十四日、久保田万太郎は小杉余子（東洋城の俳句の弟子）といっしょに呼ばれた。漱石が来たあと二階で宴会が始まったが久保田万太郎はその席に呼ばれず、年よりの女中さんにお膳やお銚子を運ばせる役目を果たした。謡が始まり心得のある小杉余子が呼ばれた。宴会が終わり漱石を送って二階から出てきたが、久保田万太郎は襤褸隠しの屏風の陰から漱石のうしろ姿をかろうじて見ただけだったという。

久保田万太郎の初めて書いた小説が『三田文学』に載って賞賛されたのはその半月あとの

ことだったが、この随筆の最後に次のような重要なことが書かれている。それは、

朝日新聞の文芸欄で、小宮豊隆さんに、茅野蕭々さんの「モデルのうたへる歌」といふ詩と一しょに大へん褒められた。——あとで聞くと、それは小宮さんよりもまへに夏目先生が読んで下すつたのださうである。

ということだ。あとで誰に聞いたのか分からないが、まえに書いたように小宮豊隆は漱石の絶対の崇拝者である。漱石は明治四十年に東京帝国大学文科大学講師を辞職し、東京朝日新聞社に入社している。契約内容は小説はすべて朝日新聞に発表することなどの条件もあったが給料や身分保障の条件も出している。文芸欄の担当もあり、才能ある人物の発掘にも意欲を持っていたとも思われる。あるいは久保田万太郎の「朝顔」を漱石が小宮豊隆に「おもしろいぞ」といい、東京朝日新聞に書くように薦めたのかも、というような、久保田万太郎には夢のような話も想像できそうである。

新参の身にあかあかと灯りけり　（『道芝』大11）

久保田万太郎は浅草田原町の生まれ。実家は祖父の代から袋物製造販売業で父親は稼業を継ぐことを望んでいたが、祖母の応援で大学へ進んだ。初めて書いた小説や戯曲で新聞紙上をにぎわせたことは、あるいは自己の周囲にも胸を張っていいということでもあったろう。

久保田万太郎と漱石との話はこのあとも続いてある。大正三年（一九一四）七月ごろ、漱石は「こゝろ」を「東京朝日新聞」に連載中であったが、そのあとの連載を志賀直哉に頼み一度は引き受けてもらったのが、志賀直哉の事情で断ってきた。このとき漱石は東京朝日新聞社の山本笑月に、つぎの人選にはどのような若手を頼むか心当たりがないといい、志賀直哉の断り方は道徳上不都合ではあるが、芸術上の立場からは納得がいくと理解を示しながら「今迄愛した女が急に厭になつたのを強ひて愛したふりで交際をしろと傍からいふのは少々残酷にも思はれます」といかにも漱石らしい面白い表現をしてあきらめている。

それで至急つぎをさがさなければならなくなった。漱石は鈴木三重吉に速達を出し、東京朝日新聞に短篇小説シリーズを掲載する了解を得たので「君一つ十回もしくは十二回位のものをすぐ着手して出来る丈早く作つてくれ玉へ」といい、そのあとの人を二、三人考えるようにともいっている。弟子とはいえ急なことで、思えば無理な話でもある。

この日付が七月十七日で、十八日には鈴木三重吉から手紙が来たらしく、漱石は「（徳田）秋声（正宗）白鳥両君ともに結構御頼ひ（み）下さい」とあり、自分は武者小路（実篤）に頼んだしほかに里見（弴）とか小泉（鉄《まがね》）とか長与（善郎）、（野上）弥生子などの名前を挙げている。漱石はよく気をつかう人らしく二日後には野上弥生子の夫、豊一郎に短篇小説連載の話をし「女の人も一二名あつた方が色彩になつてよいと思ふのですが八重子さんは何か書いてくれないでせうか。もう一人田村俊子さんです」という手紙を出し、弥生子の考えを聞いてくれるように頼んでいる。

そして久保田万太郎にも手紙が来たのである。小宮豊隆からの話を受けたことへの返事に対するものだ。日付けは七月二十日。

拝復小宮君から申上げた事につき早速ご承諾の御返事をいたゞき満足至極に存じます。（中略）又此暑い所を御せき立て申しては済まん事と存じますが原稿はいつ頃迄に出来ませうか（後略）。

二十五歳の若い作家への丁寧な手紙であった。これには、ほかに引き受けた人には八月五日から十日までの約束になっているという文面で、出来るかどうかの返事を欲しいとあった。
この間、鈴木三重吉も候補に挙がった人たちにいろいろ確認していたようで漱石から「御骨折りありがたう」という手紙で経過報告を受けていたが、漱石は山本笑月あての手紙（八月一日付）で「（前略）鈴木が一番先へ書く所へコタレまして、後へ廻してくれと申しますから武者小路君のものを一番目へ廻します（後略）」といっている。ヘコタレという言葉にはなにか苦笑まじりの鈴木三重吉への愛情のようなものも感じられる。
久保田万太郎は漱石へ八月十五日にはと返事していたらしく十七日の手紙で催促されている。そして漱石はとうとう九月四日の山本笑月への手紙で「（前略）今迄とくに来るべきで来ないのは長田と久保田です。（中略）私はかう人に催促するのが厭になりました（後略）」とうとうさじを投げだした。

大正三年の七月から九月にかけて、わたしは、朝日新聞に小説を書くことで、つゞけて二三本、夏目先生から手紙を頂戴した。――が、それだけで、わたしは、つひに先生にお目にかゝることが出来ないでしまつた。――東洋城さんのところの玄関で垣間みた先生のうしろすがたゞけがわたしのたゞ一つの寂しいおもひでゞある。……

（同随筆）

結局、久保田万太郎は十月三十日から十一月九日まで「路」という短篇を連載しているが年譜には「未完のまま筆を止む」とある。
久保田万太郎の漱石に関する句は次のような作がある。

都踊

夏目先生入洛都踊のころ　（「鵙の贄」大8）
漱石忌余生ひそかにおくりけり　（「春燈」昭29）

漱石は大正四年の三月に京都へ行っているが、体の具合が悪くなり予定を早め帰京を思ったがのばしている。この時、祇園の茶屋大友の女将・磯田多佳と出会っている。滞在中、磯田多佳とよく会っている。このときの「日記」に「胃いたむ」の記述がある。結局、東京から妻の鏡子が来て帰京したのは四月十七日であった。都踊は例年四月一日から一か月間の開催である。漱石がそののち磯田多佳に宛てた手紙が面白いのであるが、ここでの紹介はその任ではない（漱石の手紙は『漱石全集』第二十四巻「書簡下」岩波書店に拠った）。

小説家への道　(二)

久保田万太郎の没後、その業績を、俳句、戯曲、小説の順にあげていることが多いが、本人は「小説家であり戯曲家」であるという態度であった。しかし、「俳句は余技」だといってはいたが、けっしてそうではなかった。俳句は自身の文学活動の根底に考えていたことは、その実績からも窺がえる。

久保田万太郎は在学中に書いた小説「朝顔」などによって一躍、新進作家になったが、大学を卒業したころから途端に書けなくなった。随筆「明治二十二年―昭和三十三年」(「わたしの履歴書」)の大正三年(一九一四・二十六歳)の項に、

ペンの運びが、やうやく、しぶつてきたのである。二、三枚の随筆でさへ、おもふやうに書けなくなつて来たのである。(中略)

これはしかし、いまにして思へば、ちッとも不思議はなかつたので、ぼくの場合のやうに、それだけの用意も覚悟もなかつたやつの、ほんのはずみ一つで世の中に送り出され、それで末のとげられるわけはないのである。ひッきやう出発がまちがつてゐたのである。

とその理由をみずから嘆き書いている。

そういう状態にあったなかで、生家の稼業が傾き、生家を銀行に手渡さなければならなくなったり、妹のはるが二十二歳の若さで亡くなったりした。また、吉井勇に紹介された博文館の「演芸倶楽部」の主幹だった岡村柿紅を知ったことで「いろんな芸能人に知合ひができ、やうやく、酒に溺れることのおもしろさを知つた」（同随筆）ともいっている。

大正六年十月には久保田万太郎の幼少期から深い慈愛を受け、芝居好きでその面白さや知識を教えてくれた祖母千代が亡くなったことも大きな悲しみであった。また自身も盲腸炎を患って、本人は死ぬかもしれなかったという思いをしている。

盲腸炎ときまる
病中、人の訃をきく

粥食うて冥途の寒さ思ひけり　（「太平楽」大6）

粥啜るよみじの寒さおもひつゝ　（『道芝』）

この時期、久保田万太郎は借金をかさねながら遊びまわっていた。

後藤杜三は先の久保田万太郎自身の回想について「文学的準備の未熟と作家的心構えの脆弱さを肯定している」のであり「人間的苦悩とか翳りといったものも経験していない。文学するということの真の意味を身にしみて弁えるまえに、小説作りの途を歩きだしていた」わけでスランプになるのは当然だと厳しい指摘をしている（『わが久保田万太郎』）。

しかしこの大正六年、久保田万太郎は悩みながらも半年あまりかけて「新小説」に小説「末枯」を書いている。「末枯」は老舗の丁子屋（鼈甲屋）の「鈴むらさん」なる若旦那が、吉原や柳橋で派手に遊び、若い芸者小よしにいれあげたあげく世話をしたり、また落語家など芸人をひいきにしては散財、あげくのはてに株の大暴落で店舗を銀行にとられるなどしたが、それでもあそびをやめずさいごの家までも売りに出しその金も使ってしまう、といった話だが、そこには人の浮き沈みも描かれている。久保田万太郎得意の人情話である。久保田万太郎のそのころの生活態度に辛辣な批評をしている後藤杜三はこの「末枯」について次のように讃嘆した。

万太郎は自分の描こうとする世界と、現実に住まねばならぬ世界とをはっきりと摑んだのであった。足掛け六年の放蕩で、変転予測しがたい芸人社会を肌で知り尽くしたことによって得た生涯の作品テーマと、抜き差しならない跪きの果てに身に浸みとおった生きる姿勢であった。

(『前書』)

この「末枯」は苦労して書いたのは良かったが、発表した当時はまだ評判にはならず、本人も少し落ち込んだ。しかし「末枯」は思っていたことの半分も書けていなかったので、最初考えていたことを書こうと『三田文学』に「老犬」を連載した。これを「続末枯」と改題した。老犬は鈴むらさんが「日本橋から深川、深川から浅草、十年あまりの間、主人とすべて運命をともにして来た殊勝《けなげ》な奴僕《しもべ》だ。……鈴むらさんも、鈴むらさんの御新造も……ことに御新造は幼児《こども》のやうに鍾愛《いつくし》んだ」と「末枯」にも描かれた〝エス〟という犬である。

「老犬」では鈴むらさんの奥さんの実家が資金を出し酒屋をはじめることになる。人間とは現金なもので、その話を聞いた昔なじみの吉原、柳橋の芸者や、落語家、講釈師たちから祝いが届き、また賑やかになって来る。そうした折、零落したときに別れた芸者小よしの明日をも知れないという知らせがきた。お互い忘れていたわけではなかった。一目会わせてあげたい、それが小よしの家族の願いだった。「すべては終つた」鈴むらさんはエスだけが自分に残った、と健気な老犬に眼を落した、というところで終わる。

「末枯」が名作だという評価を得たのは、慶應義塾の二年先輩の水上瀧太郎が『三田文学』に連載していた「貝殻追放」というエッセイのなかで『『末枯』の作者」という一文を書いてくれた。そのなかで、久保田万太郎の放埒さを批判し諫めながらも「『末枯』の作者久保田万太郎君は、現代希に見る完成した芸術家で、此の完成したといふ点に於て僅かに肩を並べ得る人は、徳田秋声、正宗白鳥二氏の外には無い」といい「出たらめの、安受合の、ちやらつぽこだと思つてゐた久保田君が、尚斯くの如き静寂至純なる芸術境を把持して、完全無欠なる作品を発表し得る事の不可思議に驚いたのだ」と激賞したことがきっかけだった。

水上瀧太郎は久保田万太郎が「朝顔」を発表する前号に「山の手の子」を発表していた。本名は阿部章蔵、明治生命の創始者の四男。妹の富子は小泉信三夫人。久保田万太郎との友情は篤かった。裕福な家庭でもあったことで、久保田万太郎の借金など払ってやったりしたが最後は絶縁している。

前項に書いた夏目漱石から東京朝日新聞に小説を書くように薦められたのは、久保田万太郎がちょうどスランプに陥っている頃だったようだ。大正三年の八月十七日の日付で漱石から「さて先達て御願ひした小説はたしか八月十五日迄の御約束と覚えてゐますがまだ出来ませんでせうか無理を申上げて御急き立てして済みません（後略）」という手紙を受け取っている。漱石も久保田万太郎の状況を知っていればここまで当てにはしなかっただろうと思われる。

しかしこの大正三年から「末枯」を書く大正六年七月までの間、久保田万太郎がなにも書いていないわけではない。小説を十七篇、戯曲は四篇、他に随筆を三十一篇という仕事をしている。だが本人がいちばん気になったのはこれら小説や戯曲がそれほどの評価を受けなかったことだろう。

戯曲は大正三年の『中央公論』の「臨時増刊新脚本号」（七月刊）に「凶」（のちに「宵の空」と改題）を書いた。他の執筆者はいま思うと錚々たるメンバーといえるが、この号を読んだ夏目漱石が小宮豊隆に宛てた手紙（大正三年七月二十八日）に書いている批評が面白いので抜き出してみる。

拝啓中央公論の脚本の批評を時事で拝見。大体の上賛成ですが、出来栄の等級がついてゐないからどれもこれも同程度に下らないやうに思はれて好い作者に気の毒です。

白鳥（「秘密」）のは及第（但し尻がまだあるべき筈のを切つてしまつた感あり）
雨雀（「林檎の実の熟す頃」）是も及第　恐らく自然で一番まとまつてゐるだらう
吉井勇（「無頼漢」）及第　是には一種の面白味がある。
秋声（「立退き」）まあ及第。脚本よりも小説にすべきもの。
中村吉蔵（「剃刀」）落第　あゝ拵らえた痕迹が見え透いちや気の毒だし
長田秀雄（「放火」）落第。是はきみの評通り、たゞ劇的効果ばかりねらつて内的の力なし
田村俊子（「奴隷」）落第、あんなものは芝居にならぬのみか男子が屈辱をかんずるやうなもの
木下杢太郎（「天草四郎と山田右衛門作」）落第　つまらぬ事夥し
島村抱月（「赤と黄の夕暮」）落第　河童の屁
武者小路（「或る日の事」）急落の中間　いつもより悪いかも知れず

久保田万太郎（「凶」）　正に落第　ごちやごちやごちやごちやごちや
上司小剣（「無籍者」）落第　一体どか（こ）がどうしたといふのだ
小山内薫（「伊左衛門」）落第　是が芝居になる積りか、積りならやつて見ろ。
（作品名は『漱石全集』第二十四巻の注解　紅野敏郎による）

なかなか厳しい批評である。しかし、夏目漱石の手紙はざっくばらんなところがありなかなか面白い。

久保田万太郎はこの戯曲「宵の空」にこめた思いを「〝暮れがた〟（明治四十四年十一月作）で祭禮《まつり》の夕方のとめどない寂寥《さびしさ》を芝居にしようとしたわたくしは、この作で、町中の、夏の夜のふけがたのやるせないかなしみを芝居にしようとしたのである」（好学社版『久保田万太郎全集』後記　第六巻）と、自身の特徴を出そうとは考えていたようである。漱石に「ごちやごちや」しているといわれたのはその思いが強すぎたのかもしれない。

妻の死

来る花も来る花も菊のみぞれつゝ　（『ゆきげがは』昭10）

前書に「昭和十年十一月十六日、妻死去」とある。最初のお京夫人のことである。睡眠薬自殺と言われた。川口松太郎の『久保田万太郎と私』のなかにはそのときの状況を次のように書いた場面がある。


「自殺なすったのかもしれない」

と思う疑いもあった。集って来た人たちも口には出さずとも疑いは持っている。先生の行動を苦々しく思うのと一緒にお京夫人への同情が濃かった。

意外な事に先生は泣いている。目を泣きはらして濡れたハンカチを握りしめている。

「泣くくらいなら何だってもっとやさしくしなかったんだ」

そういいたかったがいえなかった。眠っているような夫人の顔を見て私も泣いた。

久保田万太郎の女性問題が原因だという。愛人はこのとき妊娠していた。とはいえ、自殺までとは考えてはいなかったであろう。川口松太郎の描写にもあるように、遺体のそばで泣きくれている姿も痛々しい。なにもそこまで……とは男の勝手な言い草かもしれないが、深い悔恨と罪の意識は知ることはできる。

妻の初七日、亡き妻の姉より申出あり、受託
ふッつりと切つたる縁や石蕗の花　（『ゆきげがは』昭10）

この姉というのは、本当は久保田万太郎が結婚を申し込んだ人であった。しかし彼女には旦那がいて叶わなかった。それで一緒になったのが妹であった。結婚したのは大正八年（一九一九）、三十歳の時である。二年後には長男、耕一が生れている。好きだったこの姉からの非難は久保田万太郎にとって返す言葉もなかったことだろう。詫びながら受け入れるしか

ない。

とはいえ、人のこころというものは他人には本当のことなど分からないものだ。弟子すじや付き合いのある者があれこれいってみたところで他人事などである。

妻の七七忌を目前にひかへて
掃くすべのなき落葉掃きゐたりけり　（『ゆきげがは』昭10）

やるせない気持ちはどこへ持っていきようもない。自分が悪いことはよくわかっている。散っている落葉は妻とのことのようだ。掃いてしまっていいというものではない、ということでもあろうか。あのまるっこい久保田万太郎の後姿が眼に浮かぶようだ。

久保田万太郎が初めて舞台の演出をしたのは耕一が生まれた大正十年で、泉鏡花の「婦系図」であった。お京夫人が亡くなったとき、耕一は十五歳になっていた。家庭内の事情はうすうす感じることもできる年齢だろう。耕一がまだ幼いころに詠んだつぎの句はあまりにも有名だ。

長男耕一、明けて四つなり

さびしさは木をつむあそびつもる雪　（『草の丈』昭2）

久保田万太郎は二十五歳のころから小説や戯曲の執筆も急激に増え、すでにその存在は不動のものであった。幼い息子とゆっくりあそんでやることもなかったのだろう。あまり家にいない父親に、あるいはなつかなかったのかもしれない。この句には、無心に積み木あそびをする、そんな一粒種の息子に、親のあたたかい心情をそそいでいる。おたがいの孤独感が窺い知れる。

しかし、夫人の死により周囲の目はだんだん冷たくなった。

昭和十一年七月、ことしわが家は新盆なり

送火をたきてもどるや膳のまへ　（『久保田万太郎句集』昭11）

妻を偲び、母を思い、お盆を静かに過ごしたのだろう。

人を悼むお供えの花で思い出した。夏目漱石の俳句にも菊の花があった。

有る程の菊抛げ入れよ棺の中　　漱石

漱石の友人で大塚保治の夫人・楠緒子が亡くなったということを聞いた時の作である。漱石はあるときこの夫人が幌をつけた人力車に乗っているのとすれちがったことがあって、そのことを「硝子戸の中」という小品に次のように書いている。

私の眼には其の白い顔が大変美しく映つた。私は雨の中を歩きながら凝と其人の姿に見惚れてゐた。同時に是は芸者だらうといふ推察が、殆んど事実のやうに、私の心に働らきかけた。

漱石もみとれるほどの美人だったという。そのように友人の美しい奥さんが若くして亡くなったことが残念でならなかったのだろう。強い調子の句である。

昭和二十年（一九四五）五月、久保田万太郎は空襲で家財・蔵書の全てを失った。また六月には父を、七月には母を亡くしている。友人の斡旋で鎌倉材木座に転居した。

終戦

何もかもあつけらかんと西日中　（『これやこの』昭20）

日本中がこういう気持ちだったかもしれない。戦争が終ってほっとしたものの明日からどのように暮らしていけばいいのか、暑い夏の日、人々は同じように茫然自失だったろう。この時、小学四年生で十歳だった作家で演出家の久世光彦はこの句について、

大人になってからこの句を知って、その通りだったたと思った。私は焼野原になった街の、照りつける太陽と立ち昇る地熱の中に立って、悲しくもなく、情けなくもなく、ただ広々とした空の青一色を〈あっけらかん〉と眺めていた。この〈あっけらかん〉は、大人も子供も同じだった。

あの年の八月十五日について書かれたものは数限りなくあるが、たった十七文字で、こ

れほど日本の運命の日を実感させるものを、私は他に知らない
と述べている（『さらば大遺言書―語り森繁久彌　文久世光彦』新潮社　二〇〇三年）。
この間、久保田万太郎は親一人子一人の生活を送ってきた。前年には耕一が応召されていた。

耕一応召

親一人子一人蛍光りけり　（『これやこの』昭19）

という句を詠んでいる。蛍とは何を意味しているのだろうか。暗闇で見る蛍の光はぽっぽっと見る目によっては佗しいもの。妻が死んだあと、いもうとの小夜子に来てもらい大事に育ててきた。息子が戦場に出て行ってしまえば自分一人になる。それはさておき、ますます激しくなる戦争で、耕一がもしも戦死するようなことになれば、自分に残される生きる光は無いに等しいではないか。激しい焦燥感に襲われていたに違いない。あの時代、残された家族はみな同じようなこころでいたと思う。耕一は無事に帰って来た。

鎌倉の海浜ホテルの芝生に立ちて

蒲公英に妻ありし日をおもひけり　（『これやこの』昭11）

久保田万太郎と演劇

何事も胸にをさめて秋の暮　（「春燈」昭32）

久保田万太郎は悪口をいう奴にはいわせておけと思っていた。江戸っ子はいいわけなどしない。おのれの気持はこのように俳句に詠んで、自分を理解してくれる人を恃んでいた。

折口信夫の晩年、七年もの間、折口信夫の家で起居を共にして仕えた歌人・岡野弘彦氏に、

亡き後に師の愛憎をあげつらふ疎くむなしきさまざまの声

（歌集『冬の家族』、角川書店　昭和四十二年）

という短歌がある。国文学・民俗学の稀代の学者折口信夫にして亡くなった後に、わけし

り顔に、あることないことをいう人がいたのであろう。折口信夫が亡くなったとき岡野弘彦氏は二十八歳であった。そのようなうわさに反論するすべもなく、耳にするたびにどれほど悔しい思いをしたか想像するに難くない。

「折口学」と称せられ、いまでもその検証は若い学者たちによって継続されている。岡野弘彦氏は著書『折口信夫の記』(中央公論社　一九九六年)のなかで、

教室の講義や著書の中に見られる、古代の中に現代を発見し、現代の中に脈絡を保った古代を見出してゆくその人の学問は、おどろくほどのこまやかさと執着の深さで生活の中に生きて流れていた。その一端をちらりと人は垣間見て、奇矯に感じたり人間離れした厳しさだと思ったりするだけのことで、知覚したものが生活律になって流れていることを感じ取ってみると、その生き方の奥行きの深さが楽しかった。その人との生活を苦痛だと感じたのは最初のわずかな期間だけで、実際はこの上もなく生きるための充実を実感する七年間であった。

と懐かしく振り返っている。

執深く生きよと我にのらせしは息とだえます三日前のこと　（同前）

折口信夫が最後の若い弟子に遺した「執深く生きよ」の言葉に、日本芸術院会員、文化功労者、そして文化勲章受章者にまで昇りつめた岡野弘彦氏の現在があるのだろう。

久保田万太郎にも同じような流言飛語があった。久保田万太郎をよく調べてみると、その人間としての良さ、すばらしさを随所で感じていた人も多くいたのである。そのことは、またときどきにふれていくことにする

劇作家としての久保田万太郎の仕事のひとつに昭和十二年（一九三七）、岸田國士、岩田豊雄と劇団「文学座」を結成したことがあげられる。四十八歳であった。

築地八百善にて岸田國士、岩田豊雄両君と小酌

ひぐらしや煮ものがはりの鮨鍋　（『久保田万太郎句集』昭12）

この句のように、三人は同年七月二十六日の夜「幹事として共同の責任をもつこと、ともに、所属俳優として、まず以て友田恭助、田村秋子夫妻の参加を勧誘することを決定」している（「文学座同人への私信」『全集』第十三巻）。友田恭助・秋子夫妻とは築地座を運営していた人で、久保田万太郎作「大寺学校」や「釣堀にて」の友田恭助の演技は「完璧といってもいいだろう」と岸田國士にいわせたほどの俳優だった。

岩田豊雄は本名で演劇活動をしていたが、ご存じのように小説家としては「獅子文六」の名前で多くの話題作を発表している。岸田國士は劇作家・演出家としてはもちろん小説家、評論家、翻訳家などの肩書で活躍している。

しかし、一か月を過ぎたころに、岩田豊雄が考えた「文学座」という劇団名も決まり、参加の人たちも増え、いよいよ旗揚げだというとき、友田恭助が応召（日中戦争）されることになり、さらに悲劇は戦地に赴いた十月に戦死したことだった。戦地に出発する二日前、久保田万太郎は真船豊らとともに、赤羽の連隊に面会に行き、秋子夫人にも会い、友田恭助を囲んで数時間を過ごした。このことは久保田万太郎の「友田恭助こと伴田五郎伍長」（『全集』第十三巻）という、友を想うこころあふれる随筆がある。

昭和十二年十月、友田恭助戦死の報に接す

死ぬものも生きのこるものも秋の風　（『久保田万太郎句集』昭12）

田村秋子に示して友田恭助のありし日をおもふ（三句）

帽子すこし曲げかぶるくせ秋の風　（『久保田万太郎句集』昭12）

子煩悩なりしかず〳〵野菊咲く　（同）

梨剝いてやりながら子に何いへる　（同）

岸田國士が指摘するように、友田恭助は「将来日本の新劇がもっとも必要な指導者」（『岸田国士全集23』岩波書店）になる、そういう人物だった。久保田万太郎だけではない、新しい劇団を創ろうとしているみんなの喪失感は計り知れない。秋の風は死者にも生者にもわびしく吹いてくる。世間では名優と賞賛されているが、家では優しい、子煩悩な人だった。応召されていくとき、家族にはどのような言葉を残していったのだろうか。

三人が創設した「文学座」はこんにちまで継続され日本の演劇界に多大な貢献をしている。久保田万太郎は「文学座の仕事」（『全集』第十二巻）のなかで次のように述べている。

わたし達は、真の意味に於ける「精神の娯楽」を舞台を通して知識大衆に提供したいと思ひます。在来の「芝居」的雰囲気と、徒に急進的な「新劇」的正硬の孰れをも脱して、現代人の生活感情に呼びかけたい、と思つて、そんな風な趣意書を、岩田豊雄、岸田國士、私、三人の名前で第一回試演会の筋書に書きつけました。

ここではそのほかにも、良い俳優を育てたい、傑れた新脚本を紹介したい、青年だけではなく教養ある大人にも楽しんでもらえるような演劇をつくりたい、などの意欲的な言葉がみえる。

岸田國士は文学座の第一回試演の後の言葉で、劇壇の一部の人はこの試演を理解されず、これまでの「点取り主義」の新劇に馴らされてきた人にはわれわれの基本練習には興味をもてないことはもっともなことだ、と皮肉を込めていったあと、

しかしほんたうの芝居好き、芸術を心で感じ得る人達なら、われわれの稚拙な運動こそ、まことに、新劇が「大人」になるための唯一の健康な道であることを認めるはずです。演

劇は演劇によつて楽しませるものでなければなりません。演劇独自の「方法」をこの時代に探しもとめることは容易な業ではないのです。

（「文学座第二回試演に際して」『岸田國士全集24』）

といい、新しい演劇の在り方を示している。

そんな岸田國士が昭和二十九年三月、六十三歳で急死した。文学座の公演ゴーリキイの「どん底」の演出を引き受け、舞台稽古の指導中であった。原因は脳動脈硬化症の再発。実は二年前に同じ病気で入院したことがあった。

岸田國士はこの演出について「私にその演出をやれといふ委員会からの命令で、私は〝えいッ〟と覚悟をきめて、それを引き受けた。健康のことは勿論だが、私のどこにそんな資格があるかを、自分にはつきり納得させるのにすこし骨が折れた」（「〝どん底〟の演出」『岸田國士全集28』）といっているが、一九二二年にモスクワやパリで「どん底」の公演を観ていて、日本での自分なりの「どん底」を考えていたようだ。

亡くなったその年の一月一日の「日本経済新聞」に「時　処　人―年頭雑感―」という随筆を書いたばかりだった。

いよいよ六十三回目の元日は、この小田原でということになると、第一回目の元日を東京四ツ谷で、両親とともに迎えて以来、よくもよくも生きたものかな！　と思う。元日らしい晴れやかな気持ちで書いている。まさかこういうことになるとは、本人はもちろんだれも思ってはいなかった。

久保田万太郎はまた追悼句を詠むことになった。

三月四日、岸田國士、〝どん底〟舞台稽古中に発病、翌朝六時十分、永眠。（三句）

〝どん底〟の唄三月の雪ふれり　（「春燈」昭29）

泣き虫の杉村春子春の雪　（同）

泣きはらしたる目の遣り端春の雪　（同）

……越えて、八日、文学座アトリエにて告別式、黒きリボンまとへる故人の写真のまへに立ちて（二句）

春哀し胸にのぞけるハンケチも　（「春燈」昭29）

春哀しその微笑は永久なれば　（同）

その夕、文学座のアトリエに残りて

屋根の雪ずり落ちんとし冴返る　（「春燈」昭29）

命は春の雪のようにはかなかった。

岸田國士が「岩田豊雄と私」（『岸田國士全集28』岩波書店）というエッセイで「芝居のプログラムなどで、しばしば岸田國士を岩田國士とやられているが、ごく近い間柄であるだけに、この誤植はちょっと困る。それにしても、岸田豊雄とは頼んでもしてくれそうにない。けだし「岩」さへあれば「岸」はなくとも用は足りるというわけであろうか」と書いている。なにか二人の笑い声が聞こえてきそうだ。

岩田豊雄は『久保田万太郎回想』（中央公論社　昭和三十九年）のなかの「一ファンとして」という追悼文で、自分は久保田万太郎という人をどこもかしこも好きという訳ではなかったといい、あるとき「大寺学校」を読んでこれは立派な劇作家だと思い尊敬した。その尊敬の念で一緒に文学座を起こし三十年にもわたって交際してきたのだという。久保田文学のファンとして続けて次のようにいっている。

年々、熱度を高めた。最初は、戯曲のファンだったのが、小説のファンになった。どうやら、戯曲より小説の方が、面白くなってきた。長編も面白いが、短編も面白い。（中略）そのうちに、私は、久保田氏の俳句まで、好きになってきた。実に巧いし、また、面白いのである。

岸田國士を早くに失ったあと文学座を創設した人がまた去っていった。岩田豊雄はここで、私をファンにした作家は沢山はいない。故人も自分がファンだったことは生前知らなかったろうといい「こっちも、知らん顔をしていたが、ほんとのファンは、そういうものである」と、深い悲しみを述べている。

久保田万太郎と演出 (一)

久保田万太郎は演出家としても多くの仕事をのこしている。その記録は『全集』第十五巻の「上演・演出年表」にまとめられていて調べるのに便利である。

文学座代表だった演出家の戌井市郎は久保田万太郎の演出について次のようにいっている。

久保田演出の根底にあるものは〝真実〟である。ただ〝自然〟とのけじめは明確であった。それとプラス〝詩情〟である。〝詩情〟は久保田文学とも共通で、万太郎戯曲はト書きにまで〝詩情〟がにじみわたっているのを逃せない。

(「演出家久保田先生」『久保田万太郎回想』)

戌井市郎のこの言葉を裏づける久保田万太郎の戯曲のト書きを見るのはそうむずかしいこ

とではない。たとえば代表作のひとつ「釣堀にて」のト書き。

直七という六十二、三の老人と、信夫という二十一、二の青年の二人が釣堀で無言で竿をいれている。十二月のはじめの曇った日で、風もないしずかなもの憂い感じがする午後という設定である。

……青年、わづかに義務のやうに竿を上げる。……釣れてゐない。……とみると、そのあと、いかにも身にしみないいさまに竿をもとの位置にもどし、そのまゝぼんやりもの思ひにしづむ。（中略）……釣つてゐるとは名ばかりの、青年の気もちは、はじめッからそのなかに入つてゐなかつたのである。

曇っていて十二月といえば寒さも感じられる。そこでたった二人の客が糸を垂れている。老人と青年はこの釣堀の常連のようで、

直七　どうしました、長谷川さん？　……

信夫　……

直七　酷く、今日は？　…元気がないぢやァありませんか、え丶？　……

という台詞の出だしで分かる。そんな信夫の気のない様子を描き、青年が深刻な悩みを持っていることを告げている。

じつはこの二人は親子なのだがある事情があってそれを知らない。台詞は次のように続いていく。

信夫　御隠居さん。……

直七　………？

信夫　ほんとの親つてものはそんなにも有難いもんでせうか？

直七　ほんとの親？

信夫　え丶。……自分を生んでくれたほんとの親つてもんです。

直七　さァ。……

このあと信夫はこの日初めて身の上話をし、直七はしばらく話を聞いていくという場面が続く。

引用したト書きは戌井市郎のいう〝詩情〟が感じられる表現だと思うが、物語全体を読んでみて初めて分かるものかもしれない。

芝居はその戯曲が良くできていても、演じる俳優の力量によって変わってくることは自明である。

「釣堀にて」が初めて上演されたのは昭和十年（一九三五）、築地座三周年記念公演であった。岸田國士が「釣堀にて」の演技は完璧だったと褒めた友田恭助は直七の役だった。中村哮夫氏の「〝釣堀にて〟をめぐって―万太郎が自身の人生を透視した作品」（『久保田万太郎―その戯曲、俳句、小説』）によると、青年の母親である芸者を田村秋子、青年を宮口精二、姉さん芸者は杉村春子。文学座での初演は友田恭助の戦死のあとで、直七を徳川夢声、信夫を中村伸郎、母親を東山千栄子だったという。ここにあげた俳優のこれからのちの活躍を知ると、まさに日本の演劇を支えてきた人たちだといってもいいだろう。

「釣堀にて」の信夫に扮したる中村伸郎に与ふ

寒鮒を釣る親と子とならびけり　（『久保田万太郎句集』昭13〜17）

自作の戯曲の主人公に一句詠むなんて洒落たことはだれにでもできるものではない。思うに自分が気に入った演技をした者に付けているようにも受け取れる。久保田万太郎俳句の楽しく、面白い所である。詠まれた俳優も名前も残るし記念にもなる。

同じ劇作家の内村直也は久保田戯曲全体をつらぬく思想というべきものは、「……」がおおく使われていることに注目して「久保田万太郎の文章中に「……」がおおく使われていることに注目して「この無常観が各人物の心の底からあふれでて、ためいきとなる。先生独特の〝……〟が生まれてくる。この〝……〟の中に、先生は無限の心理を描写している」と評していて、それは能や歌舞伎などの伝統的なもので、劇作家としての久保田万太郎の功績はそれを「西洋流の対立のドラマトゥルギーと巧みに融合させた」ことにあると結論づけている（「劇作家久保田万太郎」『久保田万太郎回想』）。単なる台詞の省略ではないのである。

岸田國士が亡くなったときの追悼句で「泣き虫の杉村春子」といわれた杉村春子は、二十一歳のときに築地小劇場の研究生になったが、築地小劇場が解散したため、友田恭助に誘われて築地座に移った、だが築地座も解散。そのあと文学座に参加している。

文学座ではもちろん、映画やテレビでの杉村春子の活躍はここで述べるまでもないが、「久保田先生」（『久保田万太郎回想』）という思い出のなかで、文学座創立のときの様子を次のように書いている。

文学座を創立されてからの先生はほんとうに猫可愛がりに、文学座をまた私たちを可愛がって下さいました。わからないことがあると先生、困ったことがあると先生、他のお二人の先生には甘えられませんでしたけど、久保田先生にはほんとにみんな甘えていました。

久保田万太郎の面倒見の良さもそうだが、文学座への愛情の強さも伝わってくる話である。久保田万太郎は若い女優で気に入った人はと訊かれると決まって杉村春子をあげていたという。そのことは杉村春子自身も身近な人から聞いていた。久保田万太郎は杉村春子の素質を早くから見抜いていたということだろう。

久保田万太郎はこういうふうに俳優に与えた句が多い。慶弔や贈答の句である。

柳永二郎「新派演劇史」編纂に着手

石段の落葉ふみ〳〵上がりけり　（『これやこの』昭19）

柳永二郎は新劇から新派の俳優として活躍。同世代には花柳章太郎、伊志井寛、大矢市次郎など錚々たる名優の名前が挙がるが、柳永二郎も同様、八十八歳で亡くなるまで舞台はもちろん映画やテレビの現代劇、時代劇で様々な役を演じた。

前書にある「新派演劇史」とは、この句が昭和十九年の作ということからみて、柳永二郎が昭和二十三年に著した『新派の六十年』（河出書房）を指していると考えられる。久保田万太郎はこの本について「柳永二郎君に」という手紙形式の文章を書いている。そのなかで、

柳君――／いまのわれわれ稼業のものゝなかで、ぼくほど〝新派〟に好意をもつてゐるものはないだらう。（中略）ぼくほど〝新派〟から〝演劇〟をまなんだものはないだらうと思ふからだ

（「さもあらばあれ」『全集』第十三巻）

と新派への思いを書いている。この本が出版された頃は戦争で一時解散していた新派の劇団がやっと合同して人気を取り戻そうとしていた。現在の劇団新派の形になったのは昭和二十四年である。

柳永二郎は他にも『絵番附・新派劇談』(青蛙房　昭和四十一年)、昭和五十二年には『木戸哀楽　新派九十年の歩み』(読売新聞社)などを著している。学究肌の人だったようだ。久保田万太郎の句の「落葉ふみ〳〵」は六十年間の資料のことであろうか。まさに歴史を振り返り、整理をし、または記憶を探り、関係者に聞き取りをし、それを文章にしていく作業は石段をゆっくり上って行くようなものだ。「着手」とあるのもそういう困難な仕事であることを久保田万太郎も認識して、強く励ましていることがうかがえる。

柳永二郎は久保田万太郎から柳文亭という俳号を付けてもらっていた。母親の名前がふみといったことにちなんでいる。その母の五十回忌の時の話がある。

私の母の五十回忌の法要をささやかにおこなった。(私は数え年六ッで母に死なれている)

その時、私はこんな句を仏前に供えた。

夏草や一人歩きも五十年　柳文亭

夏草や人の情けの五十年　(同)

先生は一人歩きはとらない。人の情けがいいでしょうといわれて、

柳文亭いはく「亡母」を
思ひて詠める句にかかる
ものありと。

五十年この年月のつゆけさよ　万

と色紙に書いて下すった。それはわが家の仏壇の扉に貼ってあるが、いまは先生の写真も、その仏壇の中に這入ってしまった。

（「ああ先生」『久保田万太郎回想』）

人の気持ちを深く情けのある理解を示す久保田万太郎の俳句の詩情を感じる一句であろう。新派でも久保田万太郎は多くの脚色や演出をしたし、なんといっても、弟子といっていた川口松太郎は戦前から「明治一代女」「鶴八鶴次郎」「風流深川唄」の作品で人気作家になっていた。

ぼくは平成三十一年（二〇一九）の一月も終りの頃、三越劇場での新派公演、泉鏡花作「日本橋」を妻と観に行った。千龝楽だった。この戯曲の初演は大正四年（一九一五）、初代喜多村緑郎、伊井蓉峰、花柳章太郎らで新派の代表作。この日の葛木晋三役は平成二十八年に歌舞伎役者から劇団新派に移籍した二代目喜多村緑郎。長身で舞台での姿がまさにカッコいい。葛木をめぐるふたりの名妓は、稲葉家お孝を河合雪之丞。この方も二十九年に歌舞伎界から新派に変わった人だという。台詞の言い回しが素晴らしい。瀧の家清葉を女優の高橋恵子が美しく演じて、もうひとり、お千世の役は雪之丞の弟子の河合宥季。この役は花柳章太郎の出世役だった。おなじように若い女形がどのように育っていくのか、楽しみにしている新派ファンも多いことだろう。

花柳章太郎、二十三、四年ぶりにて「日本橋」のお千世を演ず

何もかもむかしとなりてかぎろへる　（『久保田万太郎句集』昭13）

久保田万太郎と演出　(二)

久保田万太郎が、出征する友田恭助に面会に行ったことを書いたが、その日の夜のことが田村秋子の「久保田先生」という随筆で知ることが出来る（『全集』第七巻　月報）。

その晩おそく、お酒に酔って電話をかけて下さり、私がでると、ただわァわァいつまでも泣いて下さったことは忘れません。

田村秋子はその時、久保田万太郎の友田恭助に対する愛情の深さをひしひしと感じたという。涙もろい久保田万太郎の様子がよくわかる話であるが、七回忌には次のような句を詠んでいる。

昭和十八年十月、友田恭助七回忌

あきくさをごつたにつかね供へけり　（『これやこの』昭18）

何の花だったのだろうか。久保田万太郎の戯曲「あきくさばなし」の主人公・庄吉の「桔梗にをみなへし。……風情のあるもんだなァ、秋くさってものは……」というせりふがある。色や花もそれほど派手ではない。亡き人を偲ぶにはこのような花がいい。今でも惜しい人を亡くした喪失感は消えることがないのだろう。また昭和三十七年（一九六二）には友田恭助の遺児の結婚に際してお祝いの句も残している。

伴田英司君の結婚を祝ひて……英司君は亡き友田恭助の忘れがたみなり

しらつゆのむつみかはしてあかるしや　（「春燈」昭37）

昭和三十七年といえばもう戦後も落ち着き、文学では安部公房が『砂の女』を発表し、その後、英訳を始めとして二十数か国に翻訳され、前衛作家・安部公房の名を世界に広めた年である。久保田万太郎の最晩年でもあるが、子煩悩であり、俳優としてもっとも期待していた友田恭助が戦死して二十数年、その忘れがたみが結婚するまでになった姿を見て「むつみかはしてあかるしや」という言葉にふかい歓びがあふれている。

久保田万太郎は好学社版『久保田万太郎全集』第十五巻（昭和二十三年十二月）の後記に、

わたくしから、友田に、何を与へたかは分からないが、友田は、わたくしに、無理から〝演出〟の仕事をおぼえさせた。それまでも、わたくしは、幾度かそれに類似した骨折はした。（中略）ほんきに〝演出〟の仕事の勉強をする気になつたのは〝築地座〟以来で、〝築地座〟以来といふことは、ひとへにこれ、友田がわたくしの情熱をそのはうへ狩りたてゝくれたからである。その点、わたくしは、一生かれに感謝しなければならない。

と述べている。当時、名優と世間の賞賛を浴びていた友田恭助を得て、演出家としての腕を磨いていったであろうことがうかがえる。久保田万太郎は演劇での恩人とも言える友田恭助をそれこそ生涯忘れなかったのである。

この後記を書いていた頃はまだ鎌倉材木座にいた。「それにしても、また冬が来る。鎌倉で、三たび冬をむかへようと、嘗ての日、だれが思つたらう。今日は、しづかで、波の音もきこえない。」とも書いている。東京の空襲で罹災、家財・蔵書をすべて失い、慶應義塾普通部時代からの友人林彦三郎の世話で鎌倉に住むようになった。この文章からも東京への思いが強く感じられる。

昭和三十年を迎ふ。……鎌倉に住みて、あゝ、
つひに十年……（五句）

双六の賽の禍福のまろぶかな（「春燈」昭30）

身の老いにかなふさむさや切山椒（同）

正月である。双六をやってみるが賽の目は良かったり悪かったり、己の人生のようでもあると、苦笑いの姿が見える。この年、久保田万太郎は六十六歳になった。年相応に寒さは身に染みてくる。正月といえば初芝居で出た切山椒の味を懐かしく思ったりする。前書の「あゝ、つひに十年……」という言葉がいかにも久保田万太郎のこころの内を、あの後記の文章と同様に表している。

今日出海がそんな久保田万太郎を「久保田万太郎の女運」(『久保田万太郎回想』)に次のように書いている。

鎌倉に永く住んでいながら諸処を流浪でもしているように思うのか、句集に「流寓抄」と題をつけたりしている。そして絶えず東京へ帰るべきだと考え続けている。

永井龍男も同じように感じたことを書いている。誰の目にもそのことはあきらかであった。鎌倉を引きはらい、やっと東京へ帰ったのはその年の六月になってからであった。念願かなった場所は「文京区湯島天神町二丁目十番地」。戸板康二の『久保田万太郎』によると「〝婦系図〟の舞台になっている天神社の、左から右におりてゆく女坂の石段が、二階の八畳間の窓からほどよく見える家」であった。

昭和三十年六月十六日、鎌倉より東京にうつる。(二句)

つりしのぶ越して来るなりもらひけり　(「春燈」昭30)

したしさや梅雨の高声両隣　（同）
うつり来て、はや半月……（二句）
梅雨あけやさてをんな坂男坂　（「春燈」昭30）
梅雨あけし簾透く灯よ東京よ　（同）

などの句を詠んでいる。引っ越してきたばかりの自分に近所の人はすぐに親しく、殺風景だろうといってつりしのぶを持ってきてくれた。隣ではあたりかまわず声高に話している。懐かしい街の明かりも下町育ちの自分にはやはり心地よい。久保田万太郎はこれが東京だと顔も自然にほころんできたのが想像できる。

そんな久保田万太郎であったが「私の履歴書」（日本経済新聞社　昭和三十二年一月）では、

終戦後における鎌倉の十年の生活は、鏑木清方、里見弴の二長老をはじめ、林房雄、今日出海、永井龍男、菅原通済その他の諸君の友情によつて、支へられたといつてゐゝ。
……

と回想し、鎌倉でのいろいろな文人たちとの交友を懐かしく思い感謝している。

久保田万太郎は淋しがりやだったということは誰もがいっている。前書をつけた俳句を贈ることが多いのはそのことの裏返しだと戸板康二はいう。人に対しての好悪も指摘されている。江戸っ子らしい照れ屋も手伝って、よく知らない人からは誤解された面もあると、好意的に評する人もないではない。公的な肩書が増えたのも鎌倉時代であり、なにかといい寄ってくる人間も多かったのだろう、そんな性格だから、素っ気ない、威張っているなどと受け取られたのだろうか。

久保田万太郎は戦争中からよく伊豆の大仁ホテルに行っている。年譜を見ると昭和十七年には同ホテルで戯曲「波しぶき」を完成とあり、十九年には「この年、しばしば伊豆大仁に赴く」、また二十年の七月末に折口信夫と名古屋鉄道局管区の現場を見て回ったあと「沼津に着くや、住む家のないぼくは、そのまま伊豆のはうへ旅行をつづけ」とあったように、行き先はいつも大仁であった。

八月四日夜、大仁ホテル、志賀直哉氏あり、
中川一政画伯あり、安藤鶴夫君あり

つゝぬけにきこゆる声や月の下　（『これやこの』昭19）

昭和十九年の作。大仁ホテルで志賀直哉と同宿した時の様子を「大仁にて」（『全集』第十一巻）に書いている。作中、里見さんとあるのは里見弴のことであろうか。そこでの話で志賀直哉が、ある時、動物園からクマが逃げ出し、園内の売店などを荒らしまくったのだが、とある売店のまえにさしかかったところ急におとなしくなった。「その売店と言ふのが汁粉屋だつた……クマは金時にはかなはない……と、昨夜、志賀さん、ニコリともしないでわたくしたちに話したのである」。お汁粉は金時豆でつくるのであろう。そのとき空には眉のような月がでていたという。

突然、除隊、帰宅せる耕一とゝもに大仁におもむく

しぐるゝやあかぬ芝居の幟竿　（『これやこの』昭19）

六月十日、大仁におもむき、月末まで滞在。

小説「霜しづく」を執筆す

梅雨の宿一ㇳすじ川のみゆるかな　（『これやこの』昭20）

六月の風にのりくる瀬音あり　（同）

大仁にて越年

わらづかの点々たりや大晦日　（『春燈抄』昭20）

ゆく年や蕎麦にかけたる海苔の艶　（同）

久保田万太郎は、人に言わせると艶福家である。女性とのうわさが絶えなかった。男にはわからない、女性から見た魅力があったのかもしれない。しかし一方では女運が悪いという話もあった。

川口松太郎の『久保田万太郎と私』のなかに、鎌倉へ移った久保田万太郎が女性と住んでいて、それも自分が知っている「お君」なのでびっくり仰天する場面がある。

話はさかのぼるが久保田万太郎は泉鏡花の「歌行燈」を脚色し新生新派で上演することを

考えていた。昭和十三年頃で、年譜を見ると、昭和十四年三月「泉鏡花作〝歌行燈〟戯曲化のため寺田栄一とともに桑名に赴く。六月、これを書き上げたが発表せず」とある。この話はもともと東宝映画が映画化したいと言って久保田万太郎に戯曲化を依頼してきたものだった。久保田万太郎は「『歌行燈　その他』後記」（『全集』第十五巻）に次のように書いている。

わたくしは先生の御意見をうかゞつた。先生はやつてもいゝといつて下すつた。そこでわたくしは、早速、名古屋の寺田栄一君に桑名へ連れて行つてもらつた。そして、原作の湊屋そつくりの船津屋といふ宿屋の、揖斐川に面した一室で、土地の老妓に、〝桑名の殿さん時雨で茶々漬〟だの、〝桑名名物ストゞコドンの石取まつり〟だの、いろ〳〵古い唄をきかせてもらつたりした。

三月ほどしてわたくしの脚本は出来上がつた。幸ひに、その脚色は、二三のこまかい直しだけで先生を及第した。……が、それが……その原稿を御覧に入れに出たのが、番町のお宅の二階で、健康な、元気のいゝ先生にお目にかゝつた最後だつた。……それから間もなく、先生は、暑気《しよき》あたりでおやすみになつた。……そして、そのまゝ、九月、残暑の強い午後、お亡《なくな》りになつた……

敬愛していた泉鏡花の最後を思い、いかにも哀しい胸の内が書かれている、……の表現が多用されるほどその強い無念さがあるのだろう。結局映画化はなされなかったが、新生新派公演が決まり、昭和十五年六月「〃歌行燈〃上演のための補筆のため再度、伊藤憙朔と一緒に現地調査」をおこなうなど、この芝居にはいつになく力を入れていた。上演は七月に明治座で、久保田万太郎の演出で行われた。川口松太郎によると「見物している私たちが酔ってしまうほど」素晴らしいものだった。

この芝居の成功の祝杯を挙げたのが川口松太郎行きつけの店「堀川」だった。花柳章太郎、柳永二郎、伊志井寛、大矢市次郎が参加した。明治座の裏にあり美人姉妹の二人が経営。姉がお君で妹が悦子といい、姉は派手で客あしらいが上手で、妹は料理がうまかった。

久保田万太郎はこの派手で明るいお君がすっかり気に入ってしまった。

終戦の年の昭和二十年の五月、久保田万太郎は東京大空襲で家や家財道具、蔵書などうしなった。また六月に父が八月には母が亡くなっている。それで友人の林彦三郎の世話で鎌倉に住んでいた。前の夫人お京が亡くなって十年が過ぎた昭和二十一年十二月に三田きみと結婚した。この女性を知る人たちはうまくいくか、どうかと心配している。前夫人とは反対の明るく派手な性格だった。二十四歳も年下である。

久保田万太郎はこの結婚のあと、昭和二十二年七月に日本芸術院会員になり、この年に慶應義塾大学評議員、國學院大學講師、読売新聞社演劇文化賞選定委員、また二十四年には日本放送協会理事、文化勲章選定委員など、さまざまな社会の要職に付き忙しい日々を過ごしている。

しかし、案の定周りが気にしていたとおり、次のような句を詠むようになっていく。

わが家にあれば
うとましや声高妻も梅雨寒も　（「春燈」昭28）

うまくいかないものである。翌年の作に、

春の日やボタンひとつのかけちがへ　（「春燈」昭29）

という句がある。何となく妻とのことのようにも受けとれる。一般的に考えると人間関係においてもよくあることである。年をとると感覚の違いで普通にまちがえるが、状況がそういうときにあることを思うと、読むほうは久保田万太郎自身のことと思わざるを得ない。こうして久保田万太郎は妻きみと不和の状態であった。

二十三年には日本芸術院会員として宮中に招かれ、陪食賜餐。そのときの心境を次のような句にした。

九月二十八日、宮中にて御陪食

おぼしめしありがたく露しろきかな　（『流寓抄』昭23）

わすれめや賜餐の卓の秋の草　（『冬三日月』昭23）

言上すうき世の秋のくさぐさを　（同）

なにゆゑのなみだか知らず鰯雲　（同）

わがこゝろ水より澄めるあきかぜや　（同）

秋うらゝ刻《とき》のうつるをわすれけり　（同）

久保田万太郎はやはり明治の人である。涙ぐむほど感激して六句も詠んでいる。喜んで帰った東京だったが、きみ夫人のこともあり「戦後は鎌倉から出京してはつねに銀座裏の清岡旅館に逗留した。ともに、執筆のために、である……いへば、つまりは、わが家をはなれての〝仕事場〟へのそれとなきあらはれだつたのである」（『流寓抄』あとがき）と本音はここにあった。

東銀座清岡旅館に滞在。……たまたま床にかゝりし軸に〝老いはたゞ、ねてこそすぐせ、ゆめならでむかしにかへる、よしもあらねば〟とあり

わが老いの業はねむれずあけやすき（「春燈」昭31）

芝居の演出は亡くなるまで精力的であったのはいうまでもないし、俳句は余技だ、などといっては周りを煙にまいていたが、その作品は今でもこころに残る句が多い。しかし本業は小説家で劇作家である。小説「三の酉」は読売文学賞を受けたし、戯曲「大寺学校」や「釣

堀にて」などは不朽の名作と謳われている。

阿木翁助は『全集』第六巻の「あとがき」で「久保田万太郎の戯曲における出世作となった〝大寺学校〟は昭和三年（一九二八）に築地小劇場の主宰者小山内薫に取り上げられ、その年の十一月に同劇場で上演され大好評だった。〝大寺学校〟以後、先生の作劇術、上演によっていよいよみがかれ、「弥太五郎源七」「釣堀にて」「蛍」「ふりだした雪」と、劇場において当り狂言となるやうな華やかさを加へて行ったのである」といっている。

また吉川義雄は『全集』第八巻の「あとがき」で「昭和十三年（一九三八）から十五年（一九四〇）にかけて、花柳章太郎を中心とする新生新派にたいして名脚色を提供し、同劇団の地位を確固たらしめた」と久保田万太郎の劇作家としての実力を評価している。

久保田万太郎は自作の脚色や演出はもちろん、好きな樋口一葉や敬愛する泉鏡花など、多くの作家の作品も手掛けている。

俳句への情熱

折口信夫との交流

昭和二十八年（一九五三）十一月に発行された『三田文学』の「折口信夫追悼号」に、久保田万太郎の「おもひでの両吟」という一文がある。この年の九月三日に亡くなった折口信夫のために二十七日の「朝日新聞」に書かれたものの再録である。

内容は昭和二十年七月から八月にかけて、日本文学報国会から派遣されて、運輸省の交通道徳昂揚運動に参加し、折口信夫とともに名古屋をふりだしに、豊橋、浜松、静岡、沼津など名古屋鉄道局管区をまわったとき、二人で歌仙を巻いたことの思い出である。ときにはトラックや貨車に乗せられての移動もあったという。

久保田万太郎はこの年の五月に空襲で家を焼かれてしまっていたので「残念ながら完全に一巻まけなかつた。なぜなら、沼津に着くや、住む家のないぼくは、そのまま伊豆のはうへ旅行をつづけるため、東京へ帰る折口さんと、そこでたもとをわかつたからである」とある。

そのときの様子が書かれているので紹介する。

たしか、あれ、浜松の、さんたんたる、爆げきのあとをみて立つたときだつたと思ふが、ぼくは、折口さんに

トラックにのり貨車にのり日の盛

といふ一句を、きはめて無意味な微笑とともに示した。

と、

歌強ひられし扇破れたり

といふ〝脇〟が、たちまちそれに付いたのである。

と、ぼくもすなはち、まけない気になって、すぐに〝第三〟を付けた。

兵隊のゆくさきざきに屯して

（略）

ぼくのこの〝第三〟は、口からでまかせの、ほんとのあてずッぽうでしかなかったのである。

しかし、懇篤いんぎんな折口さんは、一応、ぼくを、心得のあるものとして

焚火ふみ消す秋の早立ち

といふ〝四句目〟を以て、ぼくのそのあてずッぽうにこたへてくれられた。

久保田万太郎がいかにも楽しんでいる様子が分かる。久保田万太郎は折口信夫が亡くなった年の六月十三日に「俳句」で対談している。そのときにこの連句の話が出たのであわてて手控をさがしたのだそうだ。久保田万太郎はこの文章で「二句を欠く」と記しているが、『折口信夫全集』第二十八巻（中央公論社　昭和四十三年）には「陽ざかりの巻」と題して全句掲載されている。追悼号に掲載されている久保田万太郎の手控とはいくつか言葉がちがうものもあるが、折口信夫十五句、久保田万太郎十七句である。もちろん中央公論社の『全集』（第十四巻）にも収録されていて『折口信夫全集』とまったく同じで「陽ざかりの巻」となっている。折口信夫のメモにはきちんと書き残されていたのだろう。あるいは記憶力の素晴らしい人であったようだから、記憶されていたのかもしれない。追悼号の折口信夫年譜によると『俳句』のため久保田万太郎氏と対談。これが公式に外出の最後となる」とある。『折口信夫全集』の年譜（第三十一巻）にも「久保田万太郎と対談。司会戸板康二」となっている。

しかし、調べてみると、池田弥三郎・岡野弘彦・加藤守雄・角川源義編『折口信夫対話2

日本の詩歌』（角川書店　昭和五十年）のなかに「ほろびゆくもの」と題して、折口信夫、角川源義、久保田万太郎、戸板康二が出席している。これは座談会であった。発表は「俳句」の昭和二十八年八月号である。念のため『折口信夫全集』の「著述総目録」を見たらここには確かに折口信夫と「（座談会）久保田万太郎・戸板康二・角川源義」とあった。久保田万太郎が「おもひでの両吟」に書いたのはこのときのことであった。「沼空・万太郎両吟」の小見出しがついている。

どのような話し振りなのか初めの方を引用してみる。

久保田　角川さん、美談があるんだがね。戦争中旅行した話……あれは美談ですよ。苦労してね。終戦直前です。

戸板　さかんに空襲のある時代で……

久保田「トラックに乗り貨車に乗り日のさかり」という句をつくった。そのとおりなんです。鉄道の貨車に乗りましたよ。浜松などは惨憺たる時でした。

折口　毎晩、毎晩、奥のほうへ行って、支線の終駅というような駅で泊まりましたね。

久保田　御油などというところへ泊まりましたね。「トラックに乗り貨車に乗り……」というので、折口先生に「いかがですか」といったら「歌強ひられし扇破れたり」とつけられた「兵隊のゆくさきざきにたむろして」と僕は三句つけましたよ。それで四句ができたんです。「たきぎふみ消す暁のあさだち」というんです。そしたら御油かどっかで、夜中に空襲というので……。

戸板　二俣？

久保田　二俣だ。二俣なんてところへ行ったんですからね。

折口　何時間か経ったらまた戻ってきましたね。信州の岡谷へ行ったとか言いましたが……。

久保田　実は、富山を焼きに行ったのだったと言います。

角川　それでは、二十年の八月一日ですね。私たちの部隊は富士で焼け出されました。

戦後八年経った頃で少し安らいだ懐かしさで話している。このなかで戸板康二が「あの時の原稿、行方を探しているんですけれどね」（折口信夫＝釈迢空の歿後、久保田万太郎が「朝日新聞」に寄せた追悼記の中に発表。『折口信夫全集』第二十八巻所収）といっている編者注がついている。

このなかで折口信夫は「俳句の人が羨しいのは、運座の時のたのしむ方法を、いろいろ知っているこことですね。歌の方はちっともないんです。ただ読みあげるみたいなものです。俳句の方にはいろいろ羨しいですね。そう言うことも、大切な要素となって来るのです」と俳句の良さを語っている。

実は折口信夫は同年の四月にNHKの日曜随想で「日本の即興詩」という題で短歌と俳句について話をしていて、九月に「俳句」(第二巻九号　昭和二十八年)に掲載。『折口信夫全集』(第二十七巻)に「俳句と近代詩」として収録されている。折口信夫は、短歌は人間の生活を吸収、敷衍したりして思想を形づくる。それは思想というより情調、気分だといい、その意味では単純なものになり、ひろがりをもたず消えてしまう傾きがある。これが短歌の情調性にもよるものだとしている。いっぽう俳句については次のようにいっている。

俳句の方はさうはまゐりません。一つの語又は句で、一かたまりの思想或は生活が現れて、一句重り、二句重り、三句重ると、生活が複雑になつてくる。たつた十七音ですが、短歌より複雑なことを言つて来てゐる。此は没却出来ぬ事実です。俳句と短歌は其点で懸け離れて違ひます。殆うらはらみたいな表現の範囲をもつてゐる。其がちようど、俳句と短歌との、詩に対する関係を示してゐることになるのです。俳句が或点、近代詩に近いものをもつて来たのです。

少し長い引用になったが、折口信夫はこのように短歌と俳句の違いを述べ、俳句は、桑原武夫が雑誌『世界』（一九四六年十一月）に発表した「第二芸術論」のあと、「俳句作家は非常に勉強」して「いかにも詩の領域にあるものだといふことをはつきり示して」来たと認め、短歌の方はまだ勉強が足りていないがこれから見返していこうという気になっていると謙虚である。この話の最後に折口信夫は、ここでの話は決して歌のことを卑下して言ったつもりはないし「歌人もこの話によってもっと自信をもってもらいたい」と結んでいる。歌人でもある折口信夫が慰めているように読めるのはなにか面白い。折口信夫の話はずいぶんまえの話ではあるが、現在のこの二つの分野はどのような変化をもってきているのであろうか。

折口信夫は久保田万太郎の新潮文庫『露芝』（昭和二十三年）に解説を書いている。内容は「とらんぷ」「末枯」「続末枯」「露芝」「青葉木菟」「半冷え」「靄の深い晩」「猫の目」の八篇であった。単行本の『露芝』は大正十一年（一九二二）十月に中篇小説叢書として新潮社からでているので短篇を加えたものである。

久保田万太郎は先述したように慶應義塾の学生時代に作家としての素質をすでに認められ一躍新進作家として売り出していた。一方、折口信夫は明治四十三年（一九一〇）に國學院大學国文科を卒業し翌年、大阪府立今宮中学校の嘱託教員になっていた。その解説で「私のやうに、前年学校を卒業して、故郷に還り住んでゐた者にとつては、（中略）風のたよりに聞いて、ひそかに舌を捲くほかはなかつた」と、二歳年下の久保田万太郎の活躍にいくぶん羨望の気もちもあったようだ。

また久保田万太郎が泉鏡花の信奉者であることを知って親しみを持っていた。自分もその頃の青年と同じように鏡花党だったといい「その妖艶な水月の陰に誘かれて、所謂浪漫期を、ぼんやり眺めて過した一人だつた」（『露芝』解説）と懐かしく回想している。

周知のように、明治の終り頃には翻訳文学が盛んになり、いわゆる江戸時代からの文学が廃れてきた。解説で折口信夫は「江戸の町の文学魂」を尾崎紅葉が受け継ぐようであったが出来なかった。むしろ「江戸に生れ、江戸に育つて、遂に江戸を捨て、短い生涯、江戸を望み暮した母の心をよるべとした」弟子の鏡花が江戸の魂を育てたといい、しかしそのあとの継承者がいなく、ただ一人残ったのが久保田万太郎ではないか、「万太郎の作物に、鏡花の痕迹を追求することは、一つの愉快な為事となるだらう。（中略）江戸の町の文学は、鏡花を去つて、万太郎に匂ひ濃く色あげせられ、深く継承せられてゐる」と断言している。折口信夫は久保田万太郎を「わが友」といっている。

慶應義塾大学の教授だった池田弥三郎は慶應義塾での折口信夫の弟子であった。折口信夫は昭和三年から慶應義塾大学文学部の教授に就任している。池田弥三郎の「久保田万太郎さんと私」(『久保田万太郎回想』)によると池田弥三郎は久保田万太郎とは親しい間柄ではなかった。もちろん、慶應義塾の大先輩としての存在は認識していたし、友人の戸板康二からその動向は訊いていた。「折口先生の生存中は、先生ひと筋に暮していたために、久保田さんに近づく心のゆとりもなかった」という気持ちを推し量ると、久保田万太郎への思いがなくはなかったようだ。

池田弥三郎が久保田万太郎と近づくきっかけになったのは、当時の銀座の百店会のPR誌「銀座百点」に久保田万太郎を中心に演劇の合評会が連載されることになり、戸板康二とともに久保田万太郎から指名をうけたことによるという。昭和三十年八月号から約十年間続いた。

池田弥三郎が慶應義塾の常任理事への就任を求められ、まだ助教授だったため、研究から離れることへの不安もあり、返事を渋っていることを知った久保田万太郎は引き受けるように勧め、その根回しをした。「久保田さんの、わたしに寄せられた好意に、今さらに思いあたって、たまらなくなって来る」と回想している。久保田万太郎は、死後の自分の著作権を慶應義塾に寄付している。池田弥三郎はその話を酒の席で二回ほど聞いていたが、本気にしていたわけではなかった。がある日、なにか報告することがあって自宅に伺ったとき居間に通され「久保田さんはちょっと居ずまいをなおす、というような身づくろいをなさって、著作権を慶應に寄付したいといい出された」という。久保田万太郎は折口信夫がやはり自分の死後、著作権を國學院大學に寄付した話を池田弥三郎から聞いていた。

池田弥三郎君に示す

書きかけのゆうれい談義夏の風邪　（「春燈」昭34）

昭和三十四年の作。「不思議なまはりあはせ―十六代目市村羽左衛門のこと」（「週刊読書人」昭和三十四年七月）という随筆に、ゆうれいについて書くように依頼を受けたが、元来、ゆうれいとか、ばけものなどということに関心はないのだが「うん、よし……」と引き受けたのは、その二三日前に「池田弥三郎君から『日本の幽霊』といふものしりの書をもらったのである。と、さらにそのつぎの日、新潮社から、『幽霊はこゝにゐる』（筆者注　安部公房作）といふ去年の岸田賞を獲得した戯曲を一冊にしたものがとゞいたのである」と、「急にをかしく、ばかばかしくなつて」心にもなく返事をしたというのだ。

岡野弘彦氏によると「江戸っ子であった池田さんは、大阪生まれの都会人の折口信夫と、感覚の敏感さの点でよくひびきあうところがあった。週に何回となくたずねて来られる池田さんとの会話によって、晩年の折口の心のつれづれは、明るくなごめられることが多かった」（「やわらかな心―池田彌三郎さんをしのぶ―」『華の記憶』淡交社　一九八九年）という。そういう意味では久保田万太郎とも江戸っ子同士で気が合ったことと思われる。

夏の風邪あかつき犬の吠ゆるあり　（「春燈」昭34）

久保田万太郎はこの時期よく風邪を引いていたようだ。久保田万太郎を敬愛する人の評をみると、とにかくよく人のために動き、世話をするというものである。ある酒の席で、小泉信三が自分の書くものは堅ぐるしいものばかりでというと久保田万太郎が「貴方の論文には文学がありますよ」といってくれたことを大変うれしく思い「彼なき今、それは私にとって貴重な快い記憶」だと思い出している（「久保田万太郎のこと」『久保田万太郎回想』）。

たびたびくりかえしいうようだが、久保田万太郎の素行をあまりよくないような語り口が流布しているのに少し抵抗があり、いろいろな人の話を、ぼくはそれほどではないといったような証言として書いている。それにしても、この方の俳句は読んでも肩が凝らず、なんというか、ぼくのような平凡な人間の、平凡な生き方をしている者に、それでいいんだ、という得難い安心感を抱かせてくれる。たとえば、

わが唄はわがひとりごと露の秋　（「春燈」昭29）

など、やるせない中年男の後姿がうかんでくる。日本酒でも飲みながら鑑賞してみる俳句なのだ。

汝もわれも凡夫の息の白きかな　（「春燈」昭37）

笑いながら何事でも話せる友人がそばにいるしあわせを思い起こさせてくれる。松尾芭蕉

の有名な句に「物いへば唇寒し秋の風」がある。この句で以外に知られていないのが前書で「人の短をいふ事なかれ、己が長をとく事なかれ」とあることだろう。

歌仙の話から少し横道にそれてながくなったが二人の連句はめずらしいものなので全句を掲載しておく。

陽ざかりの巻

トラックにのり貨車にのり日の盛　万太郎
　歌強ひられし扇破れたり　沼　空
兵隊のゆくさき〳〵に屯して　万
　焚火ふみ消す秋の早立ち　空
月の瀬の山にかくれてあはれなり　万
　菊植ゑふやす九郎兵衛の庵　空
ほつ〳〵と豆を噛みつゝいひけらく　万
　恋ある年で黒きもんぺい　空

書出しを書かすに惜しき手なりけり　万
　目前そゝる雪の嶺々　同
飛騨越のどこまでつゝじ咲くやらむ　空
　あさぎのれんのかすむ遠近　万
村口の土橋の花のうすじめり　空
　回覧板をとゞけかた〳〵　万
五分刈のよくせき人に憎まれて　空
　浴衣裁ちつゝ言ひきかすなり　万
夏の月ふけて鐘つく伝通院　空
　坂の途中で逢ひし提灯　万
幾人か戦死のうはさつたへきて　空
　返事はすれど膝立てぬなり　万
野分あとゆるゝ二階に住む身をや　空
　のこる蚊とまる目ぐすりの鍋　万
敵一機脱出す秋鰯よる海へ　空

テニスコートと甘藷畠と　万
青々とお庭み通す蔵やしき　空
しぐれまつなり柳一トもと　万
有明の廊下は雹のからめきて　空
戦闘帽の似合ふ似合はぬ　万
借りてかく万年筆のかきにくき　万
伊予簾のかげに育つをとゞひ　空
西日はやかげりそめたる水を打つ　万
縹をしぼるまへだれのはし　空

（以下欠）

万太郎　十七
沼　空　十五
昭和二十年七月

俳誌「春燈」の創刊

久保田万太郎が敗戦の年の十月に、安住敦、大町糺が俳誌を創刊し、その主宰者を頼まれて引受けた。久保田万太郎にしてもそれは精神的にも落ち着きを取り戻す行動であった。俳誌「春燈」が生まれるまでのいきさつを書いておきたい。

安住敦とはどのような人だったのだろうか。生まれは明治四十年（一九〇七）七月一日に東京市芝区二本榎西町。父・安、はは・悦の二男として生まれた。安住敦の生涯を著した書物がないかしらべていたら、いちばん身近な人、成瀬櫻桃子編著の『安住敦の世界』（梅里書房　一九九四年）があった。成瀬櫻桃子は翌年（一九九五）に『久保田万太郎の俳句』（ふらんす堂）という本を著わしている。のちに「春燈」の久保田万太郎が亡くなったあと、主宰を継いだ安住敦の後を務めた人物。この成瀬櫻桃子にはまた「春燈」の創刊の時に参加した木下夕爾の俳句を編集した『木下夕爾句集　菜の花集』という著書がある。また木下夕爾は安住敦が仲間と出していた「多麻」という俳句の小冊子に友人の紹介で俳句を発表していたこともあった。木下夕爾についてはまた別に後述する。

いま考えてみると、久保田万太郎亡きあと安住敦が「春燈」を守り、その安住敦の評伝を書くほどに成瀬櫻桃子も力強くささえたのであろう。師と仰ぐ人に仕え自らを高めていった姿がこのふたりにみてとれる。

安住敦のエッセイ集『春夏秋冬帖』（牧羊社　昭和五十年）のなかの「高　篤三」という文章にたいへん参考になる話が書かれている。高篤三は浅草に生まれ、浅草育ちの俳人。戦前、安住敦はほうずき市や三社祭など、なにかあると浅草に住む高篤三をたずねて俳句の話をしていた。安住敦はそのなかで、

すっきりした俳句雑誌を出したいね、と二人の話はよくそこへ落ちた。主宰者は？　というぼくの問いに対し彼はためらわず久保田万太郎、と答えた。それは期せずしてぼくの考えと一致していた。久保田万太郎主宰の俳句雑誌をつくることは、当時のぼくたちの共通夢でもあった。しかも二人とも当の久保田万太郎に会ったこともなかった。

と語りあっていた。会ったこともない久保田万太郎ではあるが夢の存在であった。

安住敦の経歴をざっと述べておく。

大正六年(一九一七)十歳の時に父の転勤のため福島県平町に移り地元の小学校に入学、中学は磐城中学に(現磐城高校)に入学したが父の事業失敗で東京にもどり立教中学三年に編入、大正十五年に卒業すると逓信官吏練習所に入学し、昭和三年(一九二八)逓信省に就職している。安住敦が短歌や俳句を始めるのはこの頃からである。逓信省には俳句の富安風生が上司でいたので安住敦は「若葉」に入会し師事した。そのあと日野草城の「旗艦」に参加し師事。日野草城は昭和初期から無季俳句をかかげ新興俳句運動の推進者だった。

安住敦は昭和十五年に処女句集『まづしき饗宴』(旗艦発行所)を出版した。安住敦は後年、「旗艦」時代の作品には触れたがらなかったという。成瀬櫻桃子によると、安住敦が昭和五十五年に出版した句集『柿の木坂雑唱』について、奥付に第四句集とあるのに注目して、それ以前に出された『古暦』(春燈社　一九五四年)、『歴日抄』(牧羊社　一九六五年)、『午前午後』(角川書店　一九七二年)に続く四冊目ということになる。これらの前に出された『まづしき饗宴』や『木馬集』(月曜発行所　一九四一年)は自ら除外したことになることを指摘している。

昭和五十五年は「万太郎没後十数年を過ぎ、「春燈」主宰、俳人協会副会長として、いわば円熟期を迎えた時期である。この時期に第四句集と銘打つのは、自らの俳歴の出発点が『古暦』であると宣言したことにほかならない」と成瀬櫻桃子は安住敦の覚悟をみとめている。

「春燈」創刊の話にもどるが、昭和二十年、戦争がだんだん激しくなり、安住敦は七月に召集、千葉県上総湊に配置されたが九月に解除されている。

八月十五日　終戦

てんとむし一兵われのしなざりし　敦

この句は千葉県上総湊で敗戦の詔勅を聞いたときの思いを詠んだものだ。小さなテントウムシと同じような一兵卒だった自分、死なずに生きているという実感を「死なざりし」のことばが強く響いてくる。

安住敦は前年に勤めていた移動演劇連盟に復帰した。久保田万太郎はその移動演劇連盟の理事で、連盟の一部屋を事務所として「演劇界」や「日本演劇」を出していた日本演劇社の社長でもあった。久保田万太郎とはそこで知り合った。安住敦はたまに会っても挨拶をするくらいで、ましてや俳句の話などしたことはなかった。
安住敦は久保田万太郎に俳誌創刊のことを頼んだいきさつを雑誌「俳句」に「『春燈』創刊まで」という文章を書いている（角川書店　昭和四十一年十二月号）。

わたしたちは一策を案じて仲介の労を小川丈夫に頼んだ。小川丈夫は当時移動演劇連盟の事務局長をしていた。どういうわけか永井荷風と久保田万太郎に絶対の信用があった。日頃気むずかし屋で通つている荷風も万太郎も小川丈夫の言うことなら大てい聞いた。（中略）事情を話すと小川丈夫は心易く引き受けてくれた。

と言うことだったがなかなか返事が来ないので、やきもきしているところへ返事が来た。これからの話が面白い。安住敦と大町糺は同道してくれる小川丈夫も一緒に麻布霞町の大町糺の家へ久保田万太郎を案内した。戦後間もないころで大町糺は苦労して接待の料理を用意している。
二人は懸命に新雑誌の構想を説明したが、安住敦が思うに、久保田万太郎は「木で鼻をくくったような態度」で、諾とも否ともいわず酒をがぶがぶ飲んでいる。小川丈夫は仕方なく酒を勧めていた。そのうち久保田万太郎は酔っぱらって寝てしまった。しかたなく小川丈夫にも泊まってもらい、布団が足らずに安住敦と大町糺はいっしょに寝たという。「勝手にしやがれ、もうなにも頼まない」と思い安住敦が怒ったのも無理はない。

翌朝、遅い朝飯を四人は共にした。食事をしながら万太郎は言った。

「雑誌の題名を考えました」

わたくしは思わず糺と顔を見合わせた。

「何んていうんです?」

と、かたわらの小川丈夫が笑いながらきいた。こういうことには馴れっこになっているらしく、それをすつかりのみこんだような小川丈夫だつた。その後、わたくしも次第にこのコツを覚えた。

「春燈……どうです」

万太郎は得意そうに言つた。(「同誌」)

安住敦が久保田万太郎を「木で鼻をくくったような態度」と感じたのは初めて会ったこと

で仕方がないが、そういうときの久保田万太郎は照れているのだ。昭和二十年は最悪の年で五月に空襲で家財、蔵書を焼失、六月に父が、八月には母が亡くなっている。加えて演出の仕事もあった。林彦三郎の好意で鎌倉材木座に転住した。五十六歳であった。久保田万太郎は、自分がこういう状態の時に、若い人が頼ってきてくれた。酒をがぶ飲みするのは嬉しくて泣きたくなるのをごまかしているのだ。

久保田万太郎が書いた「創刊の辞」は次の通りである。

われわれの生活は、これから、くるしくなるばかりだらう。でも、いくら苦しくなつても、たとへば、夕靄の中にうかぶ春の燈は、われわれにしばしの安息をあたへてくれるだらう。

敗戦を迎えて絶望的になっているなかで、精神的に落着きをもたらす行動として俳句の雑誌を発行することは久保田万太郎にとっても望むところであった。

主宰は久保田万太郎、経営責任は大町糺、編集責任は安住敦、事務所は大町糺の宏荘な邸宅の応接間においた。

こうして「春燈」の創刊号は昭和二十一年一月に発行された。

後藤杜三は久保田万太郎の「創刊の辞」の文章について「敗戦によって民族の誇りを一挙に喪失し、物心両面の収捨の見きわめのつき難い混乱の時に、心の拠りどころとして、慰めと、救いを目ざす静謐な詞である」(「流寓」『わが久保田万太郎』)といい、

万太郎の文章を極めて厭味で底の浅い感傷とみ、人間的軽薄さをあげつらう向きも尠くなく、また必ずしも不当とは言えない面も濃いのだが、こういうさりげない覚悟と詩情はやはり腰の据わった感じがする。筆者の人間性が滲みでたもの——決っして付け焼刃でない語調をふくんでいる。(同前書)

と評価している。この言葉は久保田万太郎の生涯においてもまた「混迷をつづけた実人生のなかで、剣が峰に立たされたとき、事態転換を待つひとときをいつも心の中で呟きつづけた言葉といってもよさそうである」とここでも後藤杜三は久保田万太郎を真正面からとらえている。

小島政二郎の『俳句の天才―久保田万太郎』の最後に、久保田万太郎の俳句に対する〝影

あつてこその形である〃というあの有名な言葉が載っていた。調べてみるとこの言葉は昭和二十一年の「春燈」三、四・五、六月号に掲載されたもので（『全集』第十五巻　あとがき）『全集』第十五巻の「序・跋　その他」に「選後に（一）」、「選後に（二）」、「選後に（三）」として収録されている。「選後に（一）」のはじめに「東京新聞から「春燈」の句を五句乃至七句推薦してくれといつて来た」とあり一月～三月のなかから七句を選んで次のようなことをいっている。

雁なくやひとつ机に兄いもと　敦
風花や荷風の作をふところに　紅
正覚寺じつは椢寺師走かな
室咲の花うつくしく炭火かな
弾初や銀座の路地に焼けのこり
春燈に薔薇の白きを見て倦かず
冬の雨縁がなくしてまた逢へず

わたくしは、この七句をえらんだ。「春燈」的色合とは何を指すか？　空想的傾向、あるひは抒情的傾向の強さである。いふところの「写生」に安住し切れないかれらの哀しみの襞であり、また、よろこびの翳である。

（「選後に〈一〉」）

――〝影〟あつてこその〝形〟……便宜、これを、俳句の上に移して〝影〟とは畢竟〝余情〟であるとわたくしはいひたいのである。そして、〝余情〟なくして俳句は存在しない。……俳句の生命はひとへにかゝつて〝余情〟にある。と重ねてわたくしはいひたいのである。すなはち、俳句の生命がその表面にだけあらわれた十七文字の働きだけで決定せらる運命しかもたないものであるなら、こんな簡単なつまらない話はないのである。表面にあらはれた十七文字は、じつは、とりあへずの手がかりだけのことで、その句の秘密は、たとへばその十七文字のかげにかくれた倍数の三十四文字、あるひは三倍数の五十一文字のひそかな働きにまつべきなのである。

（「選後に〈二〉」）

俳句は、甘つたれたらもうそれつきりである。俳句は、途端に、その輝いた精神を失ふのである。不屈の魂を、悪魔に売ることにしかならないのである。

前々号で、大町君は〝抒情〟とは必ずしも感情を露出することではない、といふ意味のことを云つた。その通りなのである。どんな場合でも、俳句の場合、感情を露出することは罪悪なのである。

今こそ、わたくしはいふであらう。
諸君はつねに諸君に謙遜であつてくれ給へ。
諸君はつねに諸君の安易さに堕つるを恐れてくれ給へ。
諸君はつねに諸君の言葉を惜しんでくれ給へ。
内へ、内へ……これからの俳句の秘密を解き得る鍵はたゞ一つ、それだけである。

（「選後に〈三〉」）

こういう俳句に向う自分の考えを「春燈」の選評に書いておくことの重要性を思っていたのだろう。久保田万太郎の選考は厳しかったそうだ。この「読本　久保田万太郎」にも「万太郎の藝をどう捉えるか」のテーマで、本山游子「〝影〟あってこその〝形〟―万太郎俳句の叙情性」、西嶋あさ子「終生抒情―『春燈』創刊の意味」、安立公彦「一句の過程―余情の追究」などの論述が掲載されている。小島政二郎が久保田万太郎の言葉を紹介したあと「これが彼の美学で、彼の俳句が抒情詩であった秘密はここにあるのだ」といいきった根拠もこれらの研究で裏付けされよう。

安住敦は「春燈」の創刊で、新興俳句の人々から非難されたりもした。しかし安住敦がそれに強く反論した様子はない。富安風生や日野草城を師としての念は消してはいない。西嶋あさ子編『安住敦句集―柿の木坂』(ふらんす堂　二〇〇七年)のなかの「昭和の俳人　安住敦」で、西嶋あさ子は多少の同情をこめ次のように述べている。

昭和もこの時代は、戦後の物の払底した時代で、貧しさの中で『春燈』を守り抜く思いで切り抜けたのは、『若葉』と『旗艦』の過去を経て、万太郎に懇願し希望かなって万太郎を擁して『春燈』を興したからには、もはや後には退けない思いがあったからであろう。

雑誌の編集も大変なことだがそれに輪をかけて悩みの種は経費の問題である。ましてや気難しい師匠の相手もしなければならない。自分の作品もつくらなければならない。成瀬櫻桃子は安住敦が「万太郎門への転身後、本来の特質に立ち戻った」作品として句集『古暦』の次の句を挙げている。

雁啼くや一つ机に兄いもと
田園調布
しぐるるや駅に西口東口
鳥渡る終生ひとにつかはれむ
ランプ売るひとつランプを霧にともし
秋風のわが身一つの句なりけり

「一つ机に兄いもと」のような生活はあたりまえだった。自身の身の回りに題材はいくらでもあった。嘆きだけではなく、小さな喜びもみつければあるものだ。現在のように、ものがあふれていて感動もわかないことでは、情緒もない生活しか知らないまま人生を終わってしまうのだろう。

久保田万太郎が安住敦に贈った句がある。

安住さんに示す

古暦水はくらきを流れけり　（「春燈」昭26）

この句は西嶋あさ子氏によると昭和二十六年の作といい「どういう思いで万太郎がこの句を詠み、また敦の句集名となったかを知りたいが、その術はない」といっている。『古暦』が昭和二十九年の発行であるのをみると、句集名にしたのはまちがいないと思うがいきさつがわかればぼくも知りたい。万太郎が大町糺に贈った句がある。

麻布大町糺居

玄関に写楽をかけて冬籠り　（昭22）

大町糺は大正二年小樽の生まれ。大町糺に『さんもん劇場』（近代文芸社　一九八三年）という小説があり、これは「春燈」に昭和三十六年五月から翌年二月まで連載されている。略歴に「十四歳で上京。さまざまな実業につく傍ら、詩文学、絵画の道へ進む。五十代で画家へ転ずる」とある。「春燈」にも長く参加していたようだ。

木下夕爾の「春燈」参加

十二月二十九日―「春燈」創刊号出来

初刷の刷りあやまりし表紙かな　（『春燈抄』昭21）

「出来」とあるので手元にきて気がついたのであろう。創刊号が出来てくるのは特にこころが踊るものだ。間違いは表紙にだとわかる。「あッ」とがっかりしたのと、苦笑しただろう様子が伝わってくる。校正おそるべしである。

どのように間違ってしまったのか、インターネットで創刊号の写真を見てみたがわからない。「春燈俳句会」を調べてみたら、メールでの受付のコーナーがあった。さっそくお願いした。数日して丁寧な返信があった。表紙の絵はガス燈が描かれ、春燈の題字、創刊号の文字。そして久保田万太郎主宰とある。「あやまり」は万太郎の「郎」だとある。よくみると「郎」

となっていて点が一つ多い。創刊号はすべてがそうで、活字のひろいまちがいだと考えられるそうだ。

この「春燈」の創刊からこれから少し述べてみたい詩人の木下夕爾が参加している。木下夕爾は大正三年（一九一四）、広島県深安郡御幸村上岩成（現在の福山市御幸町上岩成）の生まれ。六歳の時に父が事故で急死し、その後母が父の弟と再婚した。しかし木下夕爾が早稲田高等学院に在学中、故郷で薬局を経営していた養父が病に倒れ、やむなく家業を継ぐことになり、名古屋薬学専門学校に転校した。東京での文学の意欲に燃え、同人誌に詩を書いていた木下夕爾にとってこのことは後ろ髪を引かれる思いであったかも知れない、木下夕爾は中学時代から詩を書き、堀口大学選の文芸雑誌「若草」等に投稿しては入選していた。薬学の専門学校にうつってからも創作意欲は続き、薬局を継いだ昭和十四年（一九三九）処女詩集『田舎の食卓』（詩文学研究会　一九三九年）を刊行した。

『田舎の食卓』は翌年、第六回「文藝汎論詩集賞」を受賞した。二十五歳という若さであった。同時に村野四郎『体操詩集』、山本和夫『戦争』も選ばれた。選者は堀口大学、萩原朔太郎、佐藤春夫、百田宗治で、この三人にたいして激賞している。この年、第二詩集『生まれた家』も出版。木下夕爾が「春燈」に参加したころはすでに中央詩壇にも知られた詩人だったのである。『田舎の食卓』のなかに「少年」という詩がある。

毒蛇の舌のやうに柔かい
雨が南の方から来て頬を濡らした
僕は美しい包装の本を持つてあるいた
自分の秘密のやうに
誰もゐないところでそれをひらいて見るのだつた
五月の叢に臥ころぶと
いきなり大きい腕が僕を目隠しするのだつた……

若々しい感性を持った作品である。木下夕爾は帰郷したのちついにこの土地から離れることはなかった。作品の内容も季節感あふれるふるさとの自然を背景として、自己の心情を現しているものが多い。

木下夕爾はこれより以前に、安住敦が仲間と出していた「多麻」という俳句の小冊子に友人の紹介ですでに俳句を発表していた。

海鳴りのはるけき芒折りにけり　　夕爾

この句は「春燈」創刊号に発表されたもので、自然の風景と自身の思いを描いている。木下夕爾の詩と俳句について詳細な著作がある朔多恭は、この句の評で「〈海鳴りのはるけき〉に、戦争終結によってすでにはるかなものとなった、海鳴りのように激しかった戦火を振り返る悲痛の思いがこめられているようにも解することができる」（『木下夕爾の俳句』北溟社二〇〇一年三月）と解釈している。たしかに昭和二十一年一月といえばなるほどと思える。

木下夕爾は『遠雷』（春燈社　一九五九年）という句集を遺している。（一九五六年の句集『南風抄』は豆本）。代表的な句をあげてみる。

家々や菜の花いろの燈をともし
繭に入る秋蚕未来をうたがはず
遠雷やはづしてひかる耳かざり
こほろぎやいつもの午後のいつもの椅子

春惜しむ人それぞれに歩をゆるめ

抒情詩人としての感情のゆたかさは俳句にもよくあらわれていて、こころの奥底にひそむ、ふかい人生への愛というような思いが感じられる。久保田万太郎、安住敦の没後「春燈」の主宰であった成瀬櫻桃子は「詩人木下夕爾の俳句を開花させたのは、久保田万太郎と安住敦の二人の触媒なくしては果せなかった」(「木下夕爾再考」成瀬櫻桃子編『木下夕爾句集　菜の花集』ふらんす堂　一九九四年)と述べ、さらに次のようにもいっている。

内容における青春性の香気の高さは戦後俳壇の衆目と賞讃を一気に集めた。／それは長い戦争で歪曲され、当時の人々と同じように痩せ衰え気力全く失ってしまった俳壇の焼跡に、はからずも咲き出でた菫の純粋さに匹敵する新鮮な感動であったからだ

「夕爾俳句は万太郎のいう〝影あってこその形〟を具現したのだ」という成瀬櫻桃子のことばが示すように、俳句はよほど木下夕爾の肌にあっていたと思われるし、二人の良い師にめぐりあい、なおその資質がみがかれていったといえる。

ぼくの手もとに『父　木下夕爾』という本がある。著者は宮崎晶子さん。木下夕爾の娘さんだ。発行は二〇〇一年五月、桔槹吟社という福島県須賀川市の会社。宮崎晶子さんはぼくと同じ大学で、それも同じ年に同じ学部学科の入学である。サークルの先輩に「父親のことを書いておくべきだ」との忠告を受け「桔槹」という俳句誌に書いたのをまとめたもの。その先輩が木村雄次というぼくの友人で一冊いただいていた。

冒頭の「手紙」という文章には、福山から親の反対を押し切って、東京の大学へ行った娘を心配して、下宿の女主人宛の挨拶状が紹介されている。初めての夏の休暇に帰省が遅れると機嫌が悪かったり、帰省には必ず駅に迎えにきたり、親のこころはどこも同じようである。「季節」と題するなかに

書斎の長押の上に額に入った色紙がいつからか飾られた。あるとき机の上にのって読んでみた。

夕爾君におくる

セルの肩　月のひかりにこたへけり　（「春燈」昭34）

とても細くて小さな字。面相筆で書いてあったのだろうか。「万」とサインがあったのがかろうじて読めた。

句集『遠雷』の序とした久保田万太郎の句であった。

木下夕爾と井伏鱒二

木下夕爾の故郷は広島県深安郡御幸村岩成で、その隣村、深安郡賀茂村は井伏鱒二の故郷でもあった。井伏鱒二は昭和二十年（一九四五）七月から二年間その故郷に疎開している。その年の年譜（『井伏鱒二全集』別巻二　筑摩書房　二〇〇〇年　寺横武夫）の一部を見ると、

七月七日　郷里福山への再疎開のため、罹災証明書を受け取りに行く途中、県庁に行く太宰治と行き逢う。
七月八日　午後一時、家族全員で日下部駅を出発して広島へ向かう。
七月九日　大阪が空襲を受けたと聞き、京都から迂回して山陰本線で福山を目指す。一同、鳥取駅のホームで野宿する。
七月十日　午後十時、三日間かかって広島県深安郡加茂村粟根の生家にたどり着く。

井伏鱒二は前年の五月に山梨県八代郡甲運村（現在の甲府市中部東端）に疎開していた。だから再疎開なのだ。

井伏鱒二は、疎開先で木下夕爾と付き合いはじめ、その温厚で優しい人柄を知るにつけ良い知人を得た気持ちになったようであった。木下夕爾は疎開中の井伏鱒二に詩を書いてはそのつど見せたりした。井伏鱒二が東京へ帰ったあとも詩稿を送っている。

井伏鱒二が木下夕爾の詩でエッセイなどによくとり上げている詩がある。「ひばりのす」という詩だ

ひばりのす
みつけた
まだ誰も知らない

あそこだ
水車小屋のわき

しんりょうしょの赤い屋根のみえる
あのむぎばたけだ

小さいたまごが
五つならんでる
まだ誰にもいわない

井伏鱒二は「木下夕爾はこれを児童詩と言っていたが、詩というものを早わかりさせてくれる平明な詩だから誰にもわかる」（「私の好きな詩一つ」『井伏鱒二全集』第二十四巻 筑摩書房 一九九七年）といい、自分も子供の頃、頬白の巣を見つけたとき同じような思いだったことを述べている。井伏鱒二はよほどこの詩が気に入り、記憶に残っていたのか、萩原得司の『井伏鱒二聞き書き』（青弓社 一九九四年）のなかの「詩と詩人たち」でも「晩夏」という詩をほめたあと、「なんといっても〝ひばりのす〟が夕爾の絶唱だ。これがあればいいんだ……」といっている。そして「ぼくが久保田万太郎から短冊をたくさんもらったので、夕爾に二、三やったんだが、そのころから俳句に熱中し、「春燈」の創刊に参加して、「春雷」という句誌を主宰していた」ともいっている。木下夕爾が「春雷」を創刊したのは昭和三十六年一月に広島春燈会を結成したときであった。

木下夕爾は昭和三十年十一月に詩集『児童詩集』（木靴発行所）を出している。「木靴」とは木下夕爾が主宰していた詩の同人誌である。宮崎晶子さんの「児童詩のこと」（『父　木下夕爾』）によると、山中玄造という木下夕爾の旧制中学の後輩が早稲田大学を卒業したあと学習研究社に入社。「三年の学習」の担当になり木下夕爾に詩を依頼した。「児童詩を初めて書いたが如何でせうか。二作品を送るので、どちらを選ぶかはお任せする」といって書かれたのが「ひばりのす」と「山家のひる」だった。「ひばりのす」は三十年の四月号に、「山家のひる」は五月号に掲載された。木下夕爾は山中玄造さんへの手紙に、

子供に見せる詩、特に一二三年あたりの小さい児の場合はどうもむつかしいもののやうです。以前僕も書いたことはあるのですが、何かから調子を下げて大人が媚態で以て子供を誘ふといふやうな感じに突き当たることがしばしばでした。（略）ただ大人も子供もないカラッとした〝詩の世界〟でうまく手をつなぎたいものです。

と子どもへ読ませる詩の難しさをいっている。子供の感性はある意味では大人よりするどい。子供の想像力を呼び起こす言葉をどのように使うかということが求められる。「大人が媚態を以て子供を誘う」のではなく「大人も子供もないカラッとした〝詩の世界〟」といっているのはそういうことだろう。井伏鱒二が「ひばりのす」という詩に強い印象をうけたのも、木下夕爾の言葉どおりの鑑賞をしていたのだろうと思える。

さらに井伏鱒二は「俳句とエッセイ」（牧羊社　昭和五十七年一月）の「特集　木下夕爾の詩と俳句」で仏文学者の河盛好蔵との対談（進行　朔多恭）でもこの詩をあげ「〝しんりょうしょ〟がまた泣かせるね」「あそこらには、診療所はなかった」と明かしている。それをうけて河盛好蔵が「そういう道具立てが非常にうまいですね、この人は。詩でもそうだが、俳句でも道具立てですよね」と木下夕爾の特徴を言い当てている。

井伏鱒二はこの対談でも木下夕爾の人柄を「神様のような、温厚な人です……」といっており、没後出された『定本木下夕爾句集　序』（牧羊社　昭和四十一年）には「疎開中の二年あまりの間、夕爾君の存在で私は気持の救はれることが幾度となくありました。その純粋無垢な人がらが私の沈滞した気持を煽つてくれたのだと思ひます」と書いている。昭和二十年、井伏鱒二は四十七歳。二十一年の年譜には「一時的な上京が数回あった以外、旧著の刊行が相次ぐ一年であった」とある。作家として脂が乗ってきたときの疎開生活である。思うに任せない日々のなかで「極めて節度というものがあって」と評した木下夕爾との出会いのおかげでこころの平安を保っていけたのだと思う。

ご存じのように井伏鱒二にもよく知られている『厄除け詩集』という一冊がある。漢詩を自分流に訳したものが特に有名なのだが「つくだ煮の小魚」や「顎」というような、読んで楽しく、笑いを誘う詩篇が多い。河盛好蔵が井伏夫人に聞いた話だとして、井伏さんは「生前は詩人とよばれることを非常に悦ばれたそうである。（中略）私は文学と文学者に就いて、いろいろ貴重な話を承ったが、その大部分は詩と詩人に就いてであった」という（人と作品「詩人井伏鱒二」　井伏鱒二『厄除け詩集』講談社文芸文庫）。

それともうひとつ、井伏鱒二と言えば忘れてはならないことがある。釣りである。木下夕爾はそれまで釣りはしていなかったようである。「鮠釣りのことなど」（『井伏鱒二全集』第五巻月報　筑摩書房　一九六四年から六十五年にかけて刊行された全十二巻）で「鮠釣りを教わったのもこの頃のことである。人一倍不器用な私はこまかい技術を必要とする釣りを好きになれようとは思いもそめなかった」というほどであった。

魚が良く釣れる時間帯は朝まずめ、夕まずめと言われるようだが、井伏鱒二も例にもれず、朝早く手早く身支度をすると、五時にまだ間がある時間に出かけたこともあるという。鉱泉宿に泊まったことでの話だ。よく行く釣り場まではかなりの距離を歩かなければならなかった。慣れない者には辛かったが、しかしそれにもまして、木下夕爾は憧れの井伏鱒二との時間がたのしかったようだ。「まもなく私は夢の中で泛子の引かれ沈むさまを始終見るようになった」になるまで、その面白さにはまっていった。朝早く静かな山の中で、清流の音をききながらじっと無心でいる時間は、内省的な木下夕爾の性格にあっていたのだろう。実際、手に伝わってくる竿の感触を待つあいだの、何とも言えない緊張感は、経験した者でないとわからない。魚釣りの時間はあっという間に過ぎてしまう。

子どもたちが大きくなるとよく近くの川へ釣りに連れて行ったという。宮崎晶子さんは「父はあんなによく釣りをしていたが、釣りを詠んだ俳句も詩も不思議にない。釣りをしながら何を見ていたのだろうか。何を考えていたのだろうか」(「釣り」『父　木下夕爾』)と不思議に思っている。木下夕爾は「この時に感じる安息や心の救いも亦先生の文学からうけるものに似ている」(前出月報)という。井伏鱒二とこのように経験した時間を生涯大切にしていた。「釣り」を作品にしなかったことの理由は、あるいはこのことに求められるかも知れない。文学の素材にすることではなく、自身の人生への教えとして受けとめていたのだろう。

抒情詩人として、生涯をその精神をつらぬき、周囲が自己の内面を虚無的に表現する動きに迎合することなく、淡々と自分の感性を深めていった。だが木下夕爾はたんに自然を美しく飾ることだけではなかった。木原孝一編の『アンソロジー抒情詩』（飯塚書店　一九五九年）という本に木下夕爾の詩は「冬の虹」「冬の噴水」「愛と死の歌」の三篇が収録されている。「冬の虹」をあげてみる。

駅の陸橋をわたるとき虹が出ていた
消えかけていたけれど美しかつた
誰も気がつかなかつた
教えようとしたら機関車の煙が噴き消した
あつという間もなかつた
（人生にはこれに似た思出がたびたびある）
改札口のところで振り返つたが
やはり見えなかつた

人はあるとき思いもよらない孤独に陥ることがある。この詩でも自分の思いどおりにならない焦慮と孤独感がみえる。美しい虹は感傷にひたる間もないほど現実をつきつける。人生の蹉跌はどこにあるのか分からない、と読者は知らされるだろう。ぼくの好きな木下夕爾の句をあげる。

秋の日や凭るべきものにわが孤独
枯野ゆくともりてさらに遠き町
冴ゆる夜のレモンをひとつふところに

いずれも詩と同様に深い憂愁が感じられるが、しかしみずからへの強い洞察も窺える。
木下夕爾は昭和四十年八月四日、五十歳で死去した。五日の葬儀のあと、七日に福山市公会堂で追悼式が行われた。井伏鱒二、安住敦も列席した。安住敦は「夕爾さんの写真が部屋に移され、菊の花に囲まれてあったが、しかし、ここにも夕爾さんはいなかった。小さな骨壺だけだった。（中略）夕爾さんの部屋の外には無花果が葉をしげらせ、へいの向うに青田があり、はるか低い山が見えた」（「福山にて」『春夏秋冬帖』牧羊社　昭和五十年）と、木下夕爾が元気なうちに訪ねていればよかったと悔やんでいる。

八月四日、木下夕爾逝く、七日、追悼式あり

秋風や亡き友に二児われにも二児　　敦

木下夕爾一周忌

夕爾忌やあがりて見えぬ夏ひばり　　敦

ひばりは空高く飛びながら鳴くそうだ。そのひばりを詠いこんだのは井伏鱒二が絶賛した木下夕爾の詩「ひばりのす」を意識してのことだろう。詩や俳句に高い理想を持っていた木下夕爾の早世を惜しんでもいる。

四十二年に出された『定本木下夕爾詩集』（牧羊社　昭和四十一年）は第十八回読売文学賞を受けた。

久保田万太郎の俳号と江國滋

話が少しそれるが、江國滋という人がいた。ご存じの方も多いと思う。いいエッセイを書く人だった。辛味があって、男の情もあり、大人の渋味を感じさせるのであるが、おかしみも忘れない、そういう文章を書く人でもあった。

この方の俳句の号が「滋酔郎」といった。俳人としても名をなし、そちらの著作も数多い。ちなみに、この命名について本人の話によると「お酒が好きで、毎晩酔っぱらっているので、本名の下にその字をあてただけ」という、人柄をそのままあらわしたもの。俳句をはじめた仲間が、入船亭扇橋、永六輔、小沢昭一、矢野誠一、桂米朝、柳家小三治などというメンバーであったことを知ると「東京やなぎ句会」という会の、なにか賑やかな様子がうかがわれる。俳句は入船亭扇橋をのぞくとほとんどやったことのない面々だった。

この方があるとき『俳句とあそぶ法』（朝日新聞社　昭和五十九年）という本を出した。書き下ろしであった。仲間が驚いたことはいうまでもない。本人もあとがきで「こんなだいそれた本を書いてよかったんだろうか、という怖れと不安が、ぷすぷす、と音をたててくすぶっている。／もしかしたら天を怖れぬ所業だったのではないか。／もしかしたらではない、天を怖れぬ所業そのものだ」などと書いている。

だが、この本が面白かった。その証拠に昭和六十二年（一九八七）一月には文庫本になっている。その文庫版のためのあとがきで「俳壇という世界は閉鎖的な社会だと聞いていた。その閉鎖性に風穴をあけてみたいというような気持も、ちら、とないこともなかった」と本音をいっているが、やはり怖ろしかったといいつつも「専門俳人諸氏からのお咎めはいっさいなかったばかりか、過褒のおことばをいただく結果」となってよく売れたと述べ、文庫本の「解説」では鷹羽狩行の「専門俳句家の中には花鳥諷詠の自然写生派や前衛性を強調する難解派もあるが、そこから生まれる偏った俳句解説書とは、およそちがう正統派の見解である。このことに深い敬意を表し、もって解説不要の本の〝解説〟に代えたい」というような、ありがたいお言葉さえいただいている。

これに力を得たのかどうか『滋酔郎俳句館』『旅ゆけば俳句』『俳句旅行のすすめ』『きまぐれ歳時記』『季のない季寄せ』などなど矢継ぎ早に出版された本はどれも面白く、俳句への関心と読者を広げていった大きな役割をも果たした。「なんじゃらこんじゃら研究」とか「なんだこんだ論」などという、重箱の裏の隅をつっつくようなものより、このようなエッセイで、ものの本質を真正面から話してくれるものがどれほど役にたってくれるか、と思う。

江國滋の第一句集は『神の御意―滋酔郎句集―』という書名。昭和六十一年六月、永田書房から出ている。五十一歳九か月と自分でいっている。

稲妻も穂高も神の御意のまゝ　滋酔郎

からの表題。「上高地・大正池」の前書がある。

大自然を前にして、この美しさ雄大さは、人間の考えも力も及ばない、すべては神様のお考えなのだと、簡単に言えばこのように解釈して大きな間違いはない思うが、著者がさらに「この句集を出すのは神の御意である、などと含みをもたせたわけでは、さらさらない」（「あとがき」）などと断っているのがまた江國滋流の諧謔であろう。

したたかに酔ふてなほかつ夜長かな　滋酔郎

名月や燗にしてよし冷やでよし　滋酔郎
とりあへず酒盗と告げて新酒かな　滋酔郎

など、酒好きな著者の句も多い。
この『神の御意』のなかに、

帯しめてぽんと叩いて傘雨の忌　滋酔郎

という句がある。「傘雨」とは久保田万太郎が一時期使った俳号。和服姿の久保田万太郎を思っての作であろうがこの号は正しくはないという。戸板康二の『久保田万太郎』によると、雑誌「俳句」(昭和二十八年十一月号)の富安風生・水原秋櫻子との座談会「仲秋鼎談」での久保田万太郎の発言を引用しているが、それは「最初の運座の時ヒョッと見ると、雨が降って、傘をもつてゐる人がゐたんですよ、女の人が……。そしたらヒョッと松村みね子さんを思ひだしたんですね。それで松村傘雨と書いた」というのである。松村みね子という人は「注」によれば、「女流イギリス文学者。アイルランドの戯曲を訳している」とあるが、久保田万太郎は会ったことはなかった。

『わが久保田万太郎』の後藤杜三も「単独の句集はすべて万太郎であり、昭和十七年、三田文学出版部の句集は、当時の決定版であるが、『久保田万太郎句集』となっているから、俳名が久保田万太郎であることに疑う余地はない」といっている。暮雨とか甘亭などとも称していたようだが、やはり万太郎には久保田万太郎がいちばん落ち着くのである。先述の項に書いたように、まだ俳句を始めたばかりのときにつかっていた号である。

さて、俳号はいいとして、江國滋に戻るが、このように久保田万太郎の句を詠むくらいであるから、その著作にも名前はよく出てくる。その顕著なのが『俳句とあそぶ法』である。目次の1の章は「俳句を、どうぞ」であるが、ここにさっそく「俳句は詠むものでありません、浮かぶものです」という有名な久保田万太郎の言葉を出し、

おのづと口にのぼりたる、四文字、三文字、五文字なり
春待つや万葉、古今、新古今　（「春燈」昭36）

の句を引いてくる。前書の多い久保田万太郎である。この句について、前書が無かったら

「支離滅裂」だといいながらも「春待つや」が芸だと褒める。「浮かぶものです」といわれたら、ぼくでもそこそこ詠めそうな気分になる。

また次のような例をも出してくる。目次の8の章「前書きの効用」である。

芸術大学邦楽科設置問題に関しての小宮音楽
学校々長の態度ほど、近来、立派に、且つ、
たのもしくおもえしものなし

花菖蒲ただしく水にうつりけり　（『冬三日月』昭24）

――それにつけても、邦楽のいかなるものかさへ
わきまへざるやからの、お家の大事とばかり、い
たづらに押しまはしたる横車、あぶらの切れし心
棒をきしませたるをかしさよ

梅雨の焜爐おろかにあふぎつゞけけり　（『冬三日月』昭24）

前書の続きもの。大学の権力争いの様子であろうが、素人目にはこれだけの前書があれば

わざわざ句など詠まなくても充分理解できそうである。しかし江國滋にいわせると「とにかく句がうまい。うまいところへ持ってきて、この前書が句に二重の意味を持たせている」ということになる。

「俳句は滑稽なり。俳句は挨拶なり。俳句は即興なり」という山本健吉の有名な言葉がある。芭蕉の時代から俳句は挨拶が主であったといわれる。いわゆる発句が挨拶なのである。また俳句は「存問」だともいう。広辞苑によると「存」は見舞うの意で、安否を問うこと。慰問することとある。慶弔贈答などまず最初に挨拶をする。これらには前書をつけ読者にも意味が分かるようにするのが一般的なのだそうだ。

山本健吉は久保田万太郎を「虚子とともに当代挨拶句作者の双璧である」といい「この作者は、挨拶句の中でももっとも追悼句を得意とするのは、やはりその文学の日本的湿潤性によるのであろうか」と評している（『現代俳句』下巻、角川選書　一九五二年）。このことは久保田万太郎が東京の下町育ちということとの関連もあるように思われる。江國滋も久保田万太郎は追悼句のテクニックが「抜群にうまかった」として次の句を挙げている。

昭和十四年九月七日午後二時四十分

泉鏡花先生逝去せらる

番町の銀杏の残暑わすれめや　（『久保田万太郎句集』昭14）

泉鏡花の番町の家には大きな銀杏の木があった。この残暑が厳しいとき、逝ってしまった、この大きな銀杏のある家の人を決して忘れることはない。久保田万太郎は泉鏡花の崇拝者であった。関森勝夫氏によると番町とは「鏡花の終生の住居となった、麴町下六番町十一番地」で「その人のことを思い出す限り死者は生きつづけるというが、死者へ贈る句としてまことに心のこもったもの」（『前書』）と評価している。

江國滋は平成九年（一九九七）二月に食道がんの告知を受け、残念ながら八月に亡くなった。癌の告知を受けたときの句が句集『癌め』（富士見書房　平成九年）の最初に出ている。

寒の明け告知の一語「高見順」　　滋酔郎

前書は「矢吹外科病院にて、早朝、小松崎修先生の内視鏡検査／その場で食道癌と宣告される。先生の第一声、高見順です」。これはもちろん作家の高見順のこと。昭和三十八年、高見順は食道癌の宣告を受けた。自身の癌をみつめてまとめた詩集『死の淵より』は多くの読者に深い感銘をあたえた。この『癌め』も六か月間の闘病のなかで生まれた稀有の句集であり、表現者としての魂の執念をみる思いである。句集の最後の句が「敗北宣言」の前書。八月八日。

　　おい癌め酌みかはさうぜ秋の酒　　滋酔郎

亡くなる二日前の辞世の句である。滋酔郎の号にふさわしかったが、まだ六十二歳であった。こころに残る句を紹介しておこう。

　　久保田万太郎忌
　病んでなほお洒落ごころや傘雨の忌　　滋酔郎

　娘たち来たる、心たのし、されどなぜか
　そこにゐて娘は遠きかな若葉雨　　滋酔郎

江國滋は慶應義塾大学の出身。その著書『遊びましょ』（新しい芸能研究室）を再度手に取ってみると、母校に招かれ、三田演説館で講演を行ったその内容が掲載されている。演題が「万太郎俳句の魅力と特色」である。俳句は「余技」だといっていた久保田万太郎だが、この講演で江國滋は「俳壇の専門俳人のほうでも、万太郎俳句というものを、どう位置づけていいのか扱いに苦慮する」というふしがあったといい、「久保田万太郎という存在を無視し「私生活、ひいては人格そのものを口をきわめて罵倒」しているやからがいると、ぼくも本書で最初に述べたようなことを話している。誰だったか「敵わぬと知った相手にケチがつき」という、うまい川柳があったがこんなことを思ったりする。

この話とにたようなことが井上靖の詩についてもあった。昭和の初めごろ井上靖と詩の同人雑誌を発行し、井上靖が「私の生涯に於て、文学を通じての最初の友である。」といっている、詩人でのちに和光大学の教授であった故・宮崎健三が「井上靖氏の詩は、作者が作者だけに、詩壇ではその処遇と評価にとまどっている」ようだし「小説界の名声に気を呑まれて、頭から敬服する人もある」（「詩の証言一　井上靖」『現代詩の証言』宝文館出版　一九八二年）といったことがあるが、しかしこれは井上靖の詩を揶揄してではなく、一般論としてのことで、現に井上靖の詩集が出るたびに詩人の多くが、雑誌や新聞にいちはやく論評や紹介をしており、いまでは井上靖の文学を研究するうえで、これらの詩をぬきにしてはかたれないというのが通説でもある。それこそ井上靖の詩の重要性を知らない小説の愛読者には「小説家の余技」くらいにしか考えない人もいたのだろう。

久保田万太郎の場合、井上靖とは反対に、読者は俳句を愛しても小説や戯曲などを本当に読んでいる人はそう多くはないだろう。だからといって、久保田万太郎の文学の価値が下がるわけではない。小説や戯曲に描かれた、人情の機微や心にひそむ、奥深い人間の感情は、俳句という短い詩のなかにも、悲しいくらいにさりげなく描かれているのである。

村松定孝との出会い

久保田万太郎が泉鏡花の崇拝者だったことは前に述べた。上智大学名誉教授で、泉鏡花研究の第一人者だった村松定孝に『泉鏡花研究』（冬樹社　昭和四十九年）という名著がある。なかに久保田万太郎の人柄を知る話が書かれている。

村松定孝のはぎれのよい文章は「久保田万太郎と鏡花」というもので、泉鏡花を卒業論文にして早稲田大学を卒業した村松定孝は、文化学院女子部で教鞭を執っていた。あるとき、講義を終わった村松定孝が、誰もいない教師の控室にいたとき、でっぷり太った紳士が「クボタです」と、こちょこちょ入ってきて挨拶した。とっさにその人が文学全集などの口絵写真で見覚えのある久保田万太郎と気づき、学院を代表するような形で挨拶を交わしたという。

村松定孝は久保田万太郎を「独占できたよろこびで、わたしはくちばしの黄色な鏡花論を勝手に申上げた」のだが、久保田万太郎はやさしく頷いていた。その翌日、村松定孝は鏡花全集を出版している岩波書店の編集担当者の来訪を受けた。

話によると久保田万太郎は前日の帰りに岩波書店に立ち寄り、全集の月報に村松定孝に何かお願いしてみるように、といって帰ったとのことだった。村松定孝の泉鏡花についての話も、久保田万太郎にはよく理解できることだったと思われるし、すぐに若い研究者にあたたかい光をあてる久保田万太郎の江戸っ子気質にも感激する。ぼくのまずい紹介よりも、できればこの『泉鏡花研究』の第三章「泉鏡花をめぐる人々」というすぐれた人物論をぜひ読んでいただきたい。

ちなみに、これから泉鏡花を研究する若い人の参考のためにこの『泉鏡花研究』の「目次」を挙げておこう。第一章は「泉鏡花伝」で項目は〝その家系と生い立ち〟、〝新進作家期の鏡花〟、〝紅葉歿後の復活〟、〝大正時代の戯曲活動〟、〝交友とその晩年〟。第二章は「泉鏡花論考」で項目は〝鏡花文学の史的位相〟、〝鏡花とキリスト教〟、〝鏡花と児童文学〟、〝鏡花・その狂気と創造性〟、〝"THE BLACK CAT"と「黒猫」の比較文学的考察〟。第三章は「泉鏡花をめぐる人々」で項目は〝尾崎紅葉と鏡花〟、〝水上瀧太郎と鏡花〟、〝中河與一と鏡花〟、〝中村星湖と鏡花〟、〝久保田万太郎と鏡花〟、〝里見弴と鏡花〟。第四章は「鏡花小説鑑賞十夜」で第一夜「義血俠血」「夜行巡査」「外科室」、第二夜「照葉狂言」と「誓之巻」、第三夜「高野聖」

考、第四夜「注文帳」「薬草取」「風流線」「紅雪録」、第五夜「春昼」と「縁結び」、第六夜「湯島詣」と「婦系図」、第七夜「白鷺」と「歌行燈」、第八夜「三味線堀」から「日本橋」へ、第九夜「賣色鴨南蠻」と「眉かくしの靈」、第十夜「薄紅梅」「縷紅新草」にみる青春回顧で、このように泉鏡花の重要なテーマがのべられている。

久保田万太郎が鏡花の『歌行燈』（春陽堂　一九一二年）のなかの話をとり、詠んだ句があるのもよく知られている。『歌行燈』には桑名の「湊屋」という旅籠がこう書かれている。

古い家ぢやが名代で。前には大きな女郎屋ぢやつたのが、旅籠屋に成つたがな、（中略）頓と類のない趣のある家ぢや。處が、時々崖裏の石垣から獺が這込んで、板廊下や厠に点いた燈を消して悪戯をするげに言ひます。が、別に可恐い化方はしませぬで。

久保田万太郎は泉鏡花がこの旅館で『歌行燈』の想を練ったこと、また自ら脚色をし、昭和十五年（一九四〇）に新生新派により明治座で上演したことを思い出してのことだろう。

船津屋とは〝歌行燈〟に描かれたる湊屋のこ

となり。すなはち、主人念願の記念碑のため
につぎの一句をおくる。

獺に燈をぬすまれて明易き　（「春燈」昭30）

桑名

船津屋はかの湊屋の夜長かな　（「春燈」昭35）

このように見事な句を詠んでいる久保田万太郎の深い鏡花への傾倒を思わざるを得ない。『歌行燈』はその後三回ほど新派により上演されている。

「獺祭」という言葉がある。広辞苑によると「カワウソが多く捕獲した魚を食べる前に並べておくのを、俗に魚を祭るのにたとえて言う」とありまた、「転じて、詩文を作るときに、多くの参考書をひろげちらかすこと」ともある。いまのぼくがまったくその状態であり、なにをどう書くか頭の中はお祭り騒ぎである。

正岡子規は自分の居宅を獺祭書屋といった。明治三十五年（一九〇二）九月十九日に亡くなった。忌日を獺祭忌、または糸瓜忌という。

子規逝くや十七日の月明に　　虚子

子規の弟子、高浜虚子の有名な句である。九月十九日はちょうど陰暦の八月十七日にあたっていた。満月を過ぎた頃。三十五歳という若さはいかにももったいない。最近は「獺祭」という銘柄の酒が人気のようだ。酒好きな方に一句。

たけのこ煮、そらまめうでて、さてそこで　（「春燈」昭34）

久保田万太郎と芥川龍之介

久保田万太郎が芥川龍之介と親しくなったのは大正十二年（一九二三）九月の関東大震災に遭い浅草北三筋町の家が焼け、日暮里に家を持った頃からである。年譜には「両親弟妹と別れ、市外日暮里渡邊町筑波臺一〇三二番地に家を持ち、はじめて親子三人の生活に入る。芥川龍之介田端にあり、往来す」とある。三十四歳になった久保田万太郎は作家として落ち着いた活動を迎えていた時期でもあった。

大正十二年十一月、日暮里渡辺町に住む。親子三人、水入らずにて、はじめてもちたる世帯なり。

味すぐるなまり豆腐や秋の風　（『草の丈』大12）

二階八畳と六畳、階下八畳と六畳と四畳半、外に台所に所属せる三畳。これがいまゐる渡辺町の家の間取である。このなかでわたくしの最も好きなのは階下の四畳半である。奥まつた感じをもつてゐるからである。すなはちこの部屋をえらんで茶の間に宛つ。

ひぐらしに灯火はやき一ト間かな　（『草の丈』大12）

引っ越した家はいわゆる田端文士村と呼ばれる場所に近かった。文士村には室生犀星なども住んでいて親しくなった。引っ越してしばらくして芥川龍之介宅を訪問した。芥川龍之介は久保田万太郎にとって府立第三中学の二年後輩にあたる。友人の紹介で、初めて会ったのは芥川龍之介がまだ東京大学の学生の時で、久保田万太郎はその時の印象を「わたしの書斎に角帽をかぶつた芥川君はあらはれた。そのときわたしの眼に映つた芥川君は、極めて謙遜な、注意深い、挙止端正な若い東京人だつた」大正四年の春だと書いている（「芥川君」「文藝春秋」昭和二年九月）。

この訪問以来二人の交流は深まった。ご存じのように芥川龍之介も俳句をよく詠んでいる。

有名な句に、

自嘲

水洟や鼻の先だけ暮れ残る　龍之介

がある。昭和二年（一九二七）の七月二十四日に自殺した日に、この句を書いた短冊を主治医の下島勲に渡してくれと伯母に託した。山本健吉は「この句の作られた正確な日取りがわからないが、堀辰雄の示教によれば大正八・九年ごろの作であるらしく、死の前になってこの句を思い出すこと多く、たびたび短冊などに書いたものという」といい、そして「鼻に託して、冷静に自己を客観し、戯画化した句であり、恐ろしい句である。彼の生涯の句の絶唱と言うべきであろう」（『現代俳句』角川文庫　一九六四年）と評している。

芥川龍之介の機知に富んでおもしろい句は、

鉄条《ぜんまい》に似て蝶の舌暑さかな　龍之介

青蛙おのれもペンキ塗り立てか　龍之介

のようなものだろう。関森勝夫氏は「鉄条」の句に「生き物が持つにふさわしくない、冷たい機械のいちぶのような〝鉄条〟、その人工的な感触をみてしまった思いが〝暑さ〟の詠嘆にはある」と評し、この句がのちに「蝶の舌ゼンマイに似る暑さかな」という句に変わったが「鉄条に似て」の方が「蝶の舌に焦点があることが明らかで強い」とし、特異な感覚の句で感嘆させられると述べておられる（『前掲書』）。

七月二十四日、芥川龍之介についてのおもひでを放送

河童忌や河童のかづく秋の草　（『春燈抄』昭21）

春服やわがおもひ出の龍之介　（「春燈」昭34）

小説「鼻」によって夏目漱石から激賞され文壇デビューした芥川龍之介は漱石を畏敬してやまなかった。大正四、五年頃、一週間に一度、木曜日に夏目漱石の家を訪れた。主に、芥川龍之介をはじめ、松岡譲、久米正雄、小宮豊隆、野上臼川という顔ぶれだった。木曜会と

名付けられた。芥川龍之介は、はじめて夏目漱石の家を訪ねたときは、胸に動悸がして膝頭がブルブルふるえたし、志賀直哉もはじめて訪ねたとき、おなじように膝頭がガタガタふるえて、その震え方がよほどひどかったようで、漱石の奥さんが、「あの方は心臓病か何かでしょう」といった、という話を書いている（「漱石先生の話」『芥川龍之介全集　第八巻　岩波書店』）。芥川龍之介が書いている、素顔の夏目漱石についての文章はたいへんおもしろい。久保田万太郎は漱石から手紙はもらったけれど、漱石には会ってはいない。後姿をみたくらいだ。

久保田万太郎は「切抜帖より」というエッセイの「いまにして思ふ」（『全集』第十二巻）のなかで、芥川龍之介は洒落や冗談ではなく、しんから俳句が好きだったようだといい、「何にもしないで、俳句ばかりつくってくらせたらいいだろうな」などといっていたという。芭蕉をよく読んでいて、人の知らない芭蕉の句に詳しく、自分の句に混ぜて、しばしば久保田万太郎にそれらを示して批評させた。はじめはそうと知らずに、良い、悪いといっていたが「芭蕉ですよ」と種明かしをしてにっこり笑ったことがあったという。

久保田万太郎はそういう芥川龍之介を「かれは、多分に、さうした子供らしさ……東京人なら、一応はだれもが持つてゐる子供らしさをもつてゐた」（「いまにしておもふ」）と、あるいは自分にも共通するらしさを感じ、芥川龍之介の一面をみていた。

久保田万太郎は処女句集『道芝』（友善堂）を昭和二年五月に出した。その序文を芥川龍之介が書いている。この序文は『芥川龍之介全集』第八巻の後記によると、昭和二年五月一日発行の雑誌「文藝春秋」第五年第五号に掲載され、のち同年五月二十日、俳書堂号友善堂発行の久保田万太郎著『句集道芝』に「序」として再録された。『全集』は「文藝春秋」を底本とし、右処女句集『道芝』を参照した。単行本の「序」には文末に「昭和二年四月四日／芥川龍之介」とある。

昭和二年四月十日の飯田武治（蛇笏）宛書簡に「この頃久保田君、句集を出すにつき、序を書けと云はれ、／「冴返る鄰の屋根や夜半の雨」／御一笑下され度候。」とある、と記されている。

芥川龍之介はその序文で次のような久保田万太郎評を書いている。主な所を抜粋してみる。

久保田氏は元来東京と云ふ地方的色彩の強い作家である。／江戸時代の影の落ちた下町の人々を直写したものは久保田氏の外には少ないであろう。／しかし僕の言ひたいのは久保田氏の小説や戯曲の特色ではない。久保田氏の発句の特色である。久保田氏の発句は季題並みに分ければ、所謂人事の句が頗る多い。のみならず所謂天文や地理の句も大抵は人間を、――生活を、――下町の匂を漂はせてゐる。

薬研堀

大又の柳に夏も老いにけり　（『道芝』大12〜2）

襟巻や亡秋月が人となり　（『藻花集』大6）

馬場孤蝶先生におくる

水の谷の池ぅめられつ空に凧　（「俳諧雑誌」大8）

それから久保田氏の発句は余人の発句よりも抒情詩的である。／若し伊藤左千夫の歌を彼自身の言葉のやうに「叫び」の歌であるとすれば、久保田氏の発句は東京の生んだ「歎かひ」の発句であるかも知れない。

この序文はその後の久保田万太郎の評価を決めたような一文になった。「抒情詩」といい、「歎かひ」の句であるということばは、何よりも久保田万太郎の本質をこの処女句集でいい当てている。同じ東京人としての芥川龍之介が感覚的に膚で感じてしまったということも考えられる。芥川龍之介は「久保田万太郎氏」（『芥川龍之介全集　第七巻』）という随筆で「江戸つ兒はあきらめに住するものなり。既にあきらめに住すと云ふ、積極的に強からざるは弁ずるを待たず。久保田君の芸術は久保田君の生活と共にこの特色を示すものと云ふべし」と述べている。この「あきらめる」ことが「嘆き」と通じあうというのであろうか。芥川龍之介はこの二か月後に自殺した。

人にこたふ

人づてにうはさきくだけ花ぐもり　（「春燈」昭31）

あたたかや人のねたみと聞きながし　（「春燈」昭29）

一生の悔ィのいまさら夕端居　（「春燈」昭34）

ここに揚げた句は久保田万太郎の六十代半ばの作品である。三十八歳のときの『道芝』で「歎かひ」と評された特徴がなお強く表現されている。久保田万太郎の俳句を見ていると「人にこたふ」「人のいへる」「人に示す」という前書で詠むのがよく目につく。だいたいが仄聞だと思われるがあまり楽しい内容ではない。

わがうれひ鶯もちの青きにも　（『青みどろ』昭11〜13）

山吹の咲くをまぶしくみたるのみ　（『これやこの』昭17）

運不運人のうへにぞ雲の峰　（「春燈」昭27）

前書「人にこたふ」

帽子べつにかぶることなし春の雲　（「春燈」昭30）

ゆるされし五勺のさけの夜寒かな　（「春燈」昭31）

才惜め惜めと東風の強気かな　（「春燈」昭28）

前書「人のいへる」

これらをみるとどこにも強い反発らしきものはみられないが、しかし心の奥深くに、他人とは違うんだという意志がかくれているようにも読めなくはない。

久保田万太郎は自分への誹謗中傷に対してすぐに反論したような形跡はない。「運不運」は誰の身の上にもある。いつ自分の上にあの雲のようにかかってくるかもしれない。他人のことは誰にも分からないのだ。帽子をどのようにかぶったっていいじゃないか。俳句では自己の思いを自由に解放することができた。

人に示す
人知れず夜寒の襟をたゞしけり　（「春燈」昭25）

大人である。久保田万太郎はこういう一面もちゃんともっていた。「人に示す」が洒落っ気もあって好ましい。俳句の天才の所以であろうか。

久保田万太郎と永井龍男

文学全集には「月報」がついているのが普通である。その作家にまつわる思い出だとか、人物評などが多いのだが、なかにはちゃんとした作家論や作品論もあるから見逃せない。

久保田万太郎についての書物はそのつど読んではいたが、本人の作品を読んでみないことにははじまらない。それにはやはり全集である。わが家の本棚はもう満杯であるし、この年になって本を買うのはなるべく少なくと考えている。必要な時には町の図書館にお世話になるが、それも読みたい本が必ずあるとは限らない。

久保田万太郎の全集がそうであった。大学に勤めていたときは図書館でおおかた間にあっていたが、今は無職。家でごろごろしている身であるとはいえ、わざわざ渋谷の大学まで出かける気にもならない。これも年であろう。それで困った。

小説「川」執筆

冬ごもり閉ぢてはあける目なりけり　（「春燈」昭33）

これではまるで猫とおなじである。床暖房で寝ているわが家の二十歳をすぎた猫が薄目をあけて寝返りを打った。

インターネットで買うことにした。さっそく調べた。あった。とりあえず俳句の巻だけでもいいのだが、なぜかこの巻だけは値段が高いのだ。全巻の値段とほぼおなじくらいである。それもオークションになっている。息子に頼んで買ったのだが、『久保田万太郎全集』全十五巻（中央公論社　昭和五十年二月〜五十一年四月）がすぐに送られてきた。しばらくして妻に、死んだあとの本の始末を考えておくようにと、それとなくいわれた。それはそうだ。七十歳をいくつもすぎた年になって、十五巻もある全集を買うなんてことは、自分でも思っていなかったことだから。

新潮社の『久保田万太郎集』（日本文学全集26　昭和三十八年九月）の年譜を見ると、明治四十三年（一九一〇）、二十一歳の項に「森鷗外の推薦により、慶應義塾大学に永井荷風が入って事実上の主任教授となる。傍ら『三田文学』を創刊。これに刺戟を受け、作家たらんとする志強く、俳句を捨つ」とある。前年の項には「松根東洋城につき俳句を学び、暮雨と号す」とあるのだが、このころは俳句より小説の方にこころが強かったようだ。その強い意志が翌年に「朝顔」や「プロローグ」、戯曲「遊戯」を書かせたともいえる。これら創作の評価は前述(「小説家への道」(一)(二))に書いた通りであった。

「俳句を捨つ」といえば、高見順も二十歳前後のころには詩を書いていたが、小説を書きはじめると「私は詩を捨てた。小説を書く上に詩は有害であるかのごとき気持だつた」といっている。しかし、病を得た四十歳を過ぎたころから詩をふたたび書きはじめると「病める肉体とともに、苦しみ病んでゐる私の心は、詩を書くことによつて——慰められたといふのでは、ぴつたり来ない。やはり、それは養はれたといふのが実感であつた」と、詩を書き得たことに感謝している(「詩への感謝」『高見順全集　第十六巻』勁草書房　昭和四十六年)。高見順は昭和を代表する作家として多くの話題作を残しているし、詩作も続けた。前にも述べたが、食道癌で五十八歳で亡くなったのであるが、その生と死を綴った凄絶な詩は亡くなる一年前に『死の淵より』という詩集にまとめられ、文学者の厳しい姿を見せたのだった。

久保田万太郎は俳句は余技だといいながらも、自身の文学の大きな実績として、読者に長く愛されている多くの名句を残しているのは述べてきたとおりである。

浅草

おでんやにすしやのあるじ酔ひ呆け　（『久保田万太郎句集』昭13〜17）

くもることわすれし空のひばりかな　（『春燈抄』昭22）

シクラメン花のうれひを葉にわかち　（『これやこの』昭19）

これらの句は久保田万太郎の独特の世界である。おかしみの中になにか哀れささえ感じられ、「くもることわすれし」空や、はでな色で咲く花にさえ自分のこころを同化させている。単なる風景描写ではない。

話は月報に戻るが、全集の第十巻の月報に永井龍男が「しっぺ返し」という文を寄せている。本人の全集に書いたものであるから、好意的であるのは承知のうえだが、久保田万太郎についての悪意に満ちた流言飛語をとっぱらうのもここでのひとつの目的なので、またひとつ久保田万太郎を擁護する話を紹介したい。

永井龍男は周知のとおり短篇小説の名手で芸術院会員にもなった人であるが、東門居の号で『文壇句会今昔―東門居句手帖―』（文藝春秋社　一九七二年）や『雲に鳥』（五月書房　一九七七年）などの句集も著しその評価は高い。永井龍男の作家としての才能は早くから開花していた。十六歳（大正九年）の時に『サンエス』（サンエス万年筆のPR雑誌で、編集は佐々木茂策で、執筆陣は徳田秋声、芥川龍之介、菊池寛、久米正雄、佐藤春夫、室生犀星で、懸賞文芸欄があった。乾英治郎著『評伝　永井龍男』に拠った）に応募した小説「活版屋の話」が入選、選者の菊池寛から賞賛された。

また十九歳になった五月、短篇「黒い御飯」ほか一篇を持って菊池寛を初めて訪問。七月には早くもこの「黒い御飯」が「文藝春秋」に発表された。このことからもその才能をうかがうことができよう。小林秀雄はこの小説を「今度読み返してみた。何しろ五十幾年振りで読み返すのだから、どんな印象を改めて受けるのであろうかと思いつつ読んだのだが、驚いた事には、印象は少しも変らなかった。（中略）永井龍男の作として、間然する所なく仕上げられているのを見た」（『永井龍男全集』内容見本）と驚嘆している。

永井龍男は昭和二年（一九二七）、二十三歳のときに横光利一の推挽で文藝春秋社に入社。創作も続けながら「オール讀物」や「文藝春秋」の編集長を歴任、菊池寛により「文藝春秋」に芥川賞・直木賞の創設が発表されるや担当になりその準備にも携わり、のちにその選考委員も務めた。

永井龍男は三十歳の時に久保田万太郎夫妻の媒酌で結婚した。二十人ほどの参列者だった。その席で菊池寛から「これを機に作家の道を進むつもりならば、一本立ちが出来るまで月給は今まで通りのまま支給するから、出社の必要はない」といわれた。今では信じられない話であるが、さすが作家を育てた菊池寛らしい先見の明であろう。

ここで永井龍男の人生を述べるのは控えるが、幸いに乾英治郎氏によってはじめて本格的な『評伝　永井龍男―芥川賞・直木賞の育ての親―』（青山ライフ出版　二〇一七年）が刊行され詳しく知ることが出来る。

さて、永井龍男の久保田万太郎への思いであるが、その「しっぺ返し」のなかで、久保田万太郎という人はさまざまな悪癖や欠点、人の好き嫌いも激しかったとしながらも「それでもなお〝親父に逢いたい〟人々が、あっちにもこっちにも肩を寄せ合っている。久保田さんの性行を知りながら、それでもこの人たちは故人を追慕してやまない」し自分もそのひとりだという。物見高い世間が無責任にいいたてており本人の「生存中はその人と作品についで何一つ批評らしいものを書いていないことは不思議」で「久保田さんについて死後書かれたものの中にも、却って書いた人自らの愚鈍さや卑しさをさらけ出した読み物が、一二ないことはなさそうである」と批判する。よこしまな頼みに反して、恩恵にあずからなかった腹いせに、あることとないことを書き散らしていた輩がいたのだろう。永井龍男は人のこころの哀れな奥底をいいあてている（同「月報」）。

永井龍男は「私に俳句の味を最初に知らせてくれたのは、芥川龍之介であった」と回顧している。文藝春秋社に入社した年の二月にすぐ、堀辰雄に同道して田端の芥川龍之介を訪問し、会社が創刊する文芸雑誌「手帖」の原稿を依頼したのだが、芥川龍之介はその年の七月二十四日に自殺。十二月に文藝春秋社が出した『澄江堂句集』（芥川家が香典返しとして刊行）を読み深い感銘を受けたのであった。澄江堂は芥川龍之介の号。文人たちが芥川龍之介の死を悼んでさまざまな追悼句を残している。なかでも久保田万太郎の一周忌の追悼句が深い想いを伝える。

昭和三年七月二十四日

芥川龍之介仏大暑かな　（『吾が俳諧』昭3）

もっとも暑い頃に自ら死を選んだ芥川龍之介のことが思い出されてならない。おたがいに気ごころが知れていただけに悲しみもいっそう強く、暑さが身に染みてくる。
追悼句と言えば昭和三十八年五月六日に亡くなった久保田万太郎の追悼句会が開かれたのは五月十三日。その席で永井龍男は次のような句を詠んでいる。

明易や仏万太郎なで肩に　東門居
端居して仏万太郎在しけり　東門居

「明易や」は久保田万太郎が心酔していた泉鏡花の小説「歌行燈」を想い詠んだ「獺に燈をぬすまれて明易き」に因んだものだろう。久保田万太郎が亡くなってまだ一週間しか経っていない。いろんな句会に出席していた人だったし、いまも縁側かどこかにいてさっと何句も作っているかもしれない。とにかく詠むのが早かった。永井龍男にとっても久保田万太郎の急逝は口惜しさが増すばかりだったろう。永井龍男は昭和三十九年十二月二十九日の銀座百点忘年句会で悲憤慷慨の句を詠んでいる。

故人久保田万太郎の人及び作品をあげつらひて、その文言許し難き男あり、口を極めて罵るといへど心癒えず。敬友余の忿言を捉へて曰く、厚顔無恥とはいま少々ましなものにて、彼奴の如きは、底なしの馬鹿といふべしと

鮟鱇と汝が愚魯と吊さんか　東門居

彼奴の面皮、彼奴の貪食、生来下賤なる性情は、醜鮟鱇といへどもおもてを避けむか

五行にも及ぶ前書にもこころ収まらず、後にも続きを付けている（『文壇句会今昔』）。これも久保田万太郎の影響かも知れない。久保田万太郎の死後に悪意とも思えるようなことを書いたある作家への怒りである。引き合いに出された鮟鱇には気の毒だが、おまえの愚かさもいっしょに吊るしてしまえというのだ。

にくきは人の口なりかし　二句

あきかぜのとかくの音を立てにけり　（『冬三日月』昭22）

あきかぜをいとひて閉めし障子かな　（『冬三日月』昭22）

ある日、ある時

一生を悔いてせんなき端居かな　（『流寓抄以後』昭35）

「一生を……」の句など今さらと本人の苦笑いが見えるようでもある。

七月六日〝風ふたたび〟第一回出づ

草鞋の緒きりりと風の薫りけり　（「春燈」昭26）

この句は永井龍男がはじめて新聞に「風ふたたび」という連載小説を書き出した昭和二十六年に、久保田万太郎が横山隆一の家で書いたものだそうで、横山隆一からこういうものがあるよと知らされたのが二十年後。「私の初めての仕事に思いが及び、さいさきを祝ってくださっての一筆かと考えられる。こういう有難さは、生涯言葉になしがたく思われる」（『文壇句会今昔』）と久保田万太郎のこころのやさしさに打たれている。

小島政二郎の「俳句の天才」論

小島政二郎に『俳句の天才——久保田万太郎』(彌生書房　一九八〇年) という本がある。内容は「はじめに」で俳句とはなにかを語り、久保田万太郎、芥川龍之介、久米正雄、室生犀星の文人俳句についての論評である。

小島政二郎といえば百歳まで生きて、戦前、戦後、多くの話題作や芥川龍之介、永井荷風などの人物伝を書き、たまには物議を醸したこともあったがその功績は認められる著作も多い。

この本の中で小島政二郎は、久保田万太郎の俳句がどんなに素晴らしいのか、その句をあげて解説。最後には絶讃をこめて次のように書いている。

要するに、彼の俳句は、芭蕉が教えた通りに自己の生活を歌い、芭蕉が一生を賭けた抒情詩であり、芭蕉の平談俗語の説を生かすことを完全に実行して他を顧みなかった稀有な作家だった。若し、芭蕉が生きていたら、自分の弟子ではないが、慈眼を垂れて彼を愛したであろう。

まさに芭蕉を引き継ぐ唯一無比の存在とでもいっているようだ。

小島政二郎によれば、俳句の目的は写生ではなく、目的は自然のリアル、人間生活のリアルをつかむことで、最後に詩を発見することだという。「俳句は抒情詩」といったのは芭蕉であって、忘れられ、顧みられなかった「自己の生活を俳句せよ」という芭蕉の詩学を受け、俳句を抒情詩に蘇生させたのが久保田万太郎なのだという。

俳句は抒情詩だという言葉で思い出すのは、萩原朔太郎の『帰郷者』（白水社　昭和十五年）のなかの「俳句は抒情詩か？」という文章である。萩原朔太郎は「抒情詩という言葉は西洋近代の意味では二つの重要な特色を要素としている」として次のように述べている。

主観の情緒、意志、イメージ、気分等のものを、主観それ自身の表象として直接に表現することであり、他の一つは——これが可成重要のことであるが——特に他の詩にまさつて、言葉の音楽性や旋律感やを、痛切に要求するところの詩精神を、内容に必然してゐるといふことである。そこでこのイデーから見ると、俳句が大体に於て抒情詩の一種であることは疑ひない。

萩原朔太郎は「主観の直接な表現」が大切な要因だといい、

さびしさや花のあたりのあすならふ　芭蕉
この秋は何で年よる雲に鳥　芭蕉
秋ふかき隣は何をする人ぞ　芭蕉

と抒情性を持つ芭蕉の句を代表例として挙げている。「さびしさや……」の句は、いまを盛りと咲いている花の近くに明日は檜にと思いながら老いていく翌檜《あすなろ》。その姿をみるのは淋しい、との解釈が出来そうだ。この句の前書に「あすは檜とかや、谷の老木のいへる事あり。きのふは夢と過て、あすはいまだ来らず。たゞ生前一樽のたのしみの外に、あすはあすはといひくらして、終に賢者のそしりをうけぬ」（大谷篤蔵・中村俊定校注『芭蕉句集』岩波書店　一九六二年）とある。まさに人生をいい得ているようで切ない。久保田万太郎も前書が多いということは前に述べた。芭蕉のこの前書を見ると、久保田万太郎にその影響を感じるのである。

萩原朔太郎は結論として、

俳句の或る多くのものは、本質に於て、まさしく西洋の抒情詩と同じであり、したがってそれは抒情詩の一種である。だが俳句の或るものは、多少ある点で、西洋の抒情詩とちがつて居り、抒情詩といふ名称に適切しない場合もある。

と述べている。絵画的、スナップ写真的なものがあるが、これは「主観のリリカルの詠歎もなく、主観の思想する哲学もない」ので抒情詩とはいえないという。先に述べた小島政二郎の見解に通じるものであろう。ただの写生では詩心がないといわれてもしかたがない。

短日やされどあかるき水の上　（『久保田万太郎句集』昭13～17）

冬の灯のいきなりつきしあかるさよ　（『久保田万太郎句集』昭13～17）

灰ふかく立てし火箸の夜長かな　（『道芝』大12〜2）

小島政二郎は久保田万太郎のこのような句を挙げて、一瞬のうつくしさの捉え方、都会育ちの感覚、俗語の使い方などがいかにも詩人の感覚であるといっている。

小島政二郎は『俳句の天才——久保田万太郎』より十五年ほど前に「小説のつもりで書いたのと、思い出のつもりで書いたのと入り混じっているような」という『鷗外荷風万太郎』（文藝春秋新社　一九六五年）という本を出している。この中では小島政二郎は久保田万太郎の人間性を痛烈に批判している。慶應義塾の後輩であって、五歳年上の久保田万太郎とはよく一緒に居たようで、久保田万太郎のことは見てもいるし、聞き及んだことも多かったことと思われる。

久保田万太郎を否定する話は、後藤杜三が『わが久保田万太郎』に書いているようなことで、おなじことである。最初の京子夫人の自殺の原因は久保田万太郎の女性問題だったこと。小説も戯曲もマンネリ化していたこと、芸術院会員、文化勲章受章者としてさまざまな社会的地位を得たことでボス的な存在であったなどということである。

確かに女性問題は多かったが、なんの魅力もない男に女性が寄ってくるわけはない。「万太郎はどうしてああ芸者が好きだったのだろう」と、小島政二郎はいっているが、素人ではあるまいし、その頃の時代では騙したの、騙されたのだという話ではないだろう。そのことばかりを囃し立てると、もてない男のひがみとでも受け取られかねない。

社会的な地位を得たことも、自分で欲しいといっても、そうですかともらえるものではない。これも実力である。むしろ言い寄ってくるものの中に、久保田万太郎を利用しようという者もいたはずである。中村哮夫氏の言のように「世間では文壇、劇団のボスと見られ、横柄な権力者としての印象が彼を支配した。それが実は下町人の、極端にてれやで人見知りの烈しい、その性格の裏返しであることはあまり知られなかった」（前著）と見ている人もいるのである。まえにも書いたように、ぼくは戸板康二の「人間として魅力があった」という言葉のほうを支持したい。

作家の今日出海も、東京を焼け出だされた久保田万太郎が鎌倉に引っ越してきた頃の付き合いだった。永井龍男もいた。今日出海は「万太郎はボスになったとか非難めいた悪口もあったが、芝居の世界などではむしろ久保田さんに縋っていたのであって、先生がボス然と君臨していたわけではない。久保田さんは他人に威張れる人ではない。何処へでも気易く顔を出し、頼まれれば何でも引受けてしまうたちなのである」と書いている（「久保田万太郎の女運」

『新潮』一九六三年九月）。

秋晴れや人がいゝとは馬鹿のこと　（『春燈抄』昭21）

あまりに人が好いと反対にないことまであれこれ噂されるのだろう。ほかにも久保田万太郎の良い面を書いた人が沢山いる。

小島政二郎がその著書のなかで悪口を書いたとはいえ、俳句については「彼は生まれながらの詩人だったから、余技だ余技だといいながらも、どんな専門の俳人の俳句よりも、彼の俳句の方が遥かに本物であり、優れていた」と俳句は認めている。

ぼくは一度、小島政二郎と会っている。『國學院雑誌』で「大正文学の特質」（昭和五十年一月号）という座談会（鼎談）を開催した昭和四十九年。出席者は小島政二郎を囲んで、当時、武蔵野女子大学の大河内昭爾教授と國學院の阿部正路教授。担当で同席した。小島政二郎の『眼中の人』を中心に大正文学の世界を語ったもので、二人の近・現代文学研究者の質問に小島政二郎も終始にこやかに話していた。

終って帰り道、「食いしん坊」の話になり、小島政二郎が「ピザ」を食べたことがないということなので通りがかりの店に寄り、ピザを頼んだ。一口食べた爺さんが「うぇっ……」といった。あの頃のピザはまずかったのだろうか。

久保田万太郎と猫

愛猫トラ

中村哮夫氏の『久保田万太郎――その戯曲、俳句、小説』を読んでいたら、大笹吉雄氏の『ドラマの精神史』（新水社　一九八三年）という本に興味深い記述があることを教えられた。中村哮夫氏は舞台演出家で、久保田万太郎主宰時の「春燈」の弟子だった方。俳句はもちろん、久保田万太郎の小説、戯曲にも詳しい人である。

大笹吉雄氏も演劇評論家として名だたる人であるからご存じの方も多いと思う。この方の『日本現代演劇史』は明治・大正篇や昭和の戦前、戦中、戦後篇と時代ごとに日本の演劇を論じた五巻におよぶ大著である。

興味深いというのは「久保田万太郎の〝曇り日〟」という章で「久保田万太郎の世界はほとんどいつも曇っていて、そして雨やみぞれや雪が降り出す。万太郎戯曲の表題が、天候や自然現象をあらわすものが多いのはけだし当然だといわなければならない。」というくだりである。副題に『遊戯』『水のおもて』『雨空』『あぶらでり』とあるように戯曲について分析した指摘なのであるが、そのあと続いて「明治末期から昭和初期にかけて、比喩的にいえば万太郎はずっと曇り日を生きていたのであり、そのことに、この作者の反時代性は明らかだった」と述べている。

中村哮夫氏もさきの著書で同じ文章を示していて「その曇りや、雨や、雪や、そして寒さを投影した句群が又、万太郎俳句の最重要な水脈なのである」(「久保田万太郎の〝冬〟の句」)と指摘している。さらに中村哮夫氏は季題別全句集を調べ、冬では時雨が百六句、寒さ八十八句、短日八十一句、雪四十八句があるといい「この辺りが好きな、というより自分の気持ちを託すのに適した季語であったのだろう」と久保田万太郎の本質をみている。ほかの季節を調べてもおそらく「曇り日」はそこここに見出すことが出来るのであろう。久保田万太郎は若い頃の号を暮雨とか傘雨をつかっていたこともある意味で関係があるかも知れない。大正六年(一九一七)の句に、

花柳に与ふ

をとゝしのお千世が恋し小夜時雨　(『藻花集』大6)

大正四年に花柳章太郎が泉鏡花の「日本橋」でお千世の役を得て、その美しさが評判になり一躍人気女形になった。

久保田万太郎の文学にこのような特質が見られるのは、大笹氏の指摘する「反時代性」にあるということはわかるような気がする。くりかえしになるが、久保田万太郎は明治二十二年（一八八九）生まれ、大正元年には二十三歳。その前年には慶應義塾大学の学生ながら初めて書いた小説「朝顔」や戯曲「遊戯」（明治四十四年六月号）が「三田文学」（七月号）小宮豊隆や島村抱月に褒められ、また博文館で発行されていた総合雑誌「太陽」の懸賞に応募した戯曲「プロロオグ」（明治四十四年七月号）が小山内薫の選で当選するなど、学生作家として華々しくデビューしている。こののち名作「末枯」をはじめとして数々の作品を発表していくのである。

久保田万太郎が作家としての地位を確立していった大正時代は、個人の解放や新しい時代を求める理想に燃え、自由民主主義の空気を背景にした白樺派の文学者たちの進出があったことでもしられる。しかし、久保田万太郎がなによりも我慢がならないのは新傾向の俳句だった。楠本憲吉は久保田万太郎の俳句は「俳句固有の方法論の軌道に乗り、悠々と伝統の重量に凭れながら、一貫して均質を保ちつつ、安んじて晩成の道をたどったのである」といい、「現俳句の一般的傾向として、字余り、破調をあげることが出来る。しかし、万太郎には潔いほどそれがない。（中略）ましてや無季の句など生涯を通じて一句も作ってない」（「久保田万太郎の俳句」『久保田万太郎回想』）とその信念をあげている。単なる自然諷詠などを嫌い、より深い人間のこころを詠むことを自己の理念として考えていた、その奥の深さが読者の心情を捉えていったのであろう。「反時代性」とはそのことでもあった。

梅雨ふかし猪口にうきたる泡一つ　（『冬三日月』昭22）

昭和二十二年（一九四七）の作。この年は社会のさまざまな要職に就いた年であった。まさに絶頂期であった。しかし、この酒はひとりで飲んでいる。栄誉のなかにいて、これまでの自分を振り返ってみているのだろうか。珍しいことに猪口に泡が浮かんでいる。物思いに耽っていて気づかなかったが、一瞬、人生とは泡のようなものなどと、苦笑いでもしながら口に運んだのかも知れない。久保田万太郎は傍目よりも孤独な人だったと思う。梅雨時は誰のこころでも閉じこめてしまうのだろう。

久保田万太郎が國學院大學で講師をしたのがやはり昭和二十二年である。折口信夫に頼まれてのことだった。はじめの三回ほどは樋口一葉の「たけくらべ」の講義があったようだがそのうち休講が多くなった。実際に講義を受けた方に伺ったら、休講ばかりだったという記憶をお持ちだった。岡野弘彦氏によると学年末の「小論文の採点が辛かった。（中略）私たちの次の学年では、ああいう休講の多い講座は困るという署名簿を作って教務課に掛け合いに行った」らしい。それを聞いた折口信夫は「久保田さんから一葉の文学についての話を年に五、六回きけるだけでも、随分得るものあるはずなのに」（『折口信夫の晩年』中央公論社昭和四十四年）と嘆いたという。久保田万太郎は「たけくらべ」を暗記していたという話もある。

樋口一葉の研究で知られる小説家の和田芳恵は、昭和十六年に『樋口一葉』（十字屋書店）を出版したが久保田万太郎からは認めてもらえず、それからは距離をおいていたのだが、十五年後の昭和三十一年に出した『一葉の日記』（筑摩書房）が翌年に日本芸術院賞を受けた。この部門の部長である久保田万太郎が強く推してくれたことを知った。「それからは、一葉の芝居がある俳優との打ちあわせには、決って、その席に私を呼んで意見を求められるようになった。後進の私を引きたててくださるという配慮がみられた」という。さらに、久保田万太郎は共立女子大学で樋口一葉の講義をしていたのだが、新学期から和田芳恵が代って受けもつようになった。「はじめは意地わるいような形で、散ざんにいじめ抜かれたという実感はあるが、いつの間にか、気づいたとき、久保田さんの掌上にいた」（『全集』第十一巻月報）と、自分を照明のあたる場所に引き出してもらったと感謝している。

菊池寛逝く。告別式にて

花にまだ間のある雨に濡れにけり　（『冬三日月』昭23）

菊池寛は昭和二十三年三月六日に亡くなった。六十歳だった。久保田万太郎よりひとつ年上である。三十歳半ばで雑誌『文藝春秋』を創刊した。川端康成や横光利一など当時の新進作家を育てたことでも知られる。この句は挨拶句のうまい久保田万太郎のなかでもすぐれた一句だろう。まだ冷えるなか雨まで降っている。実業家で作家でもある人の早すぎる死。「花にまだ間のある」は故人にはこれからもまだまだやり残したことがあったろうし、周囲からも期待されていたことだ、というような気持ちも含まれている。そのひとの死を悲しむ心情の深さが「雨に濡れにけり」の詠嘆に滲んでいる。

菊池寛告別式、里見弴の弔辞に泣く

老友といしくもいへりねこやなぎ　（「春燈」昭23）

久保田万太郎の涙はよく知られているが、死者を悼む里見弴のこころからの哀悼の言葉に純粋に感激した下町育ちの久保田万太郎の姿がある。

桃にそへて挿す菜の花のひかりかな　（『冬三日月』昭23）

久保田万太郎にしては明るい作品だ。春の花が二つ。清楚な桃の花に黄色が目立つ菜の花を添えた。挿すはそれで光も射してきたようだともとれる。いずれにしても、本人になにか良いことでもあったような雰囲気が感じられる。

さて、春といえば「猫の恋」の季節である。昔から猫好きな作家は多い。名前をあげればきりがない。有名なところでは内田百閒の「ノラや」（文藝春秋新社　昭和三十二年）がある。

夫婦で可愛がっていた猫の失踪のはなしである。近いところでは村松友視氏の『アブサン物語』（河出書房新社　一九九五年）があるし、南木佳士氏の『トラや』（文藝春秋　二〇〇七年）、鬼平にも出て来る。いちばん圧巻なのは大佛次郎で、生涯で飼った猫が五百匹だというから怖ろしい（『大佛次郎と猫　500匹と暮らした文豪』小学館　二〇一七年）。出たり入ったりも多かったようだ。また、同じく『猫のいる日々』（徳間文庫　一九九四年）という本には猫のエッセイや小説・童話が収められているが、涙が出るほど面白い。そのなかに「僕の遺言のうち一番重要なくだりは、厳密に自分の著作を排斥して、好むところの本と猫とを、僕の棺に入れるように要求するにちがいない」とある。殉死した猫がいたかどうかは分からない。

もちろん、久保田万太郎の俳句に詠まれた猫も多い。

叱られて目をつぶる猫春隣　（「春燈」昭28）

秋の暮ひそかに猫のうづくまる　（「春燈」昭36）

「春隣」は冬の句であるが、春はもうすぐそこまで来ている。何かに手を出そうとしたか、こらッと叱られた猫。飼い主との長い付き合いが思われる。「秋の暮」はそろそろ寒さを感じてきたのか、すこしの陽だまりを見つけては、そっとまるくなっている様子だ。猫をおのれの姿と見て少し世間から遠ざかってみようかとの思いか、とするのは穿ち過ぎか。

十年、わが家に住みつきたる猫、トラの死をかなしむ　六句

汝が声にまぎれなかりし寒夜かな　（「春燈」昭32）
汝が声の枕をめぐる寒夜かな　（同）
鎌倉にかも汝は去りし寒夜かな　（同）
汝をおもふ寒夜のくらき海おもふ　（同）
汝が眠りやすかれとのみ寒夜かな　（同）
汝が声の闇にきえたる寒夜かな　（同）

前書を見て分かるように死んだ猫を悼んでいる。外に遊びに行って帰って来なかったトラを心配していた。数日たって皆が寝静まったころに泣いている。可愛がっている猫の声はすぐに分かる。飛んで行ってかけた言葉は「どこに行ってたんだ」であろう。抱きあげて頬ず

りしたことを思い出す。その夜はいっしょの布団で寝たに違いない。

久保田万太郎と猫といえば『久保田万太郎回想』に書かれた吉川義雄の「先生と僕」という話がよくわかる。吉川義雄の話をまとめると、久保田万太郎は猫について一語半句も話したことなかったが、家でちゃぶ台に座ると、どこからともなくあらわれた猫に、そっと、さりげなく愛撫を与えていた、という。まだ鎌倉にいたころ、東京から帰る電車のなかで「トラはどうしているか知らん」とつぶやいていたこともあったらしい。鎌倉から湯島天神へ移り、その頃は家庭もうまくいかず、孤独なこころを癒してくれる唯一の相手だったろう。そんなトラも湯島へ移ってきた。しかし、或る日からトラの姿が見えなくなった。

「二、三ヵ月後、トラはついに、湯島の家から失われた。(万太郎は)「昼間出て行ったきり。トラは戻って来ません、どうした了見でいたろう?」と憮然として眼を据えた。「エエ、トラは此の世にいません」と久保田万太郎はいった。ここに揚げた俳句六句がそれから間もなく『文藝春秋』に載った。発表後、久保田万太郎も弟子たちもトラの話はしなかったそうだ。

久保田万太郎が心酔した泉鏡花にもこんな猫がいる。

黒猫のさし覗きけり青簾　鏡花

ぼくも黒猫を飼ったことがある。目は金色、足の裏（肉球）が黒、爪も薄墨色で、いわゆる烏猫。黒猫は地方によっては不吉な猫とみなされたり、また反対に福猫と言って珍重される。

鏡花の句に関森勝夫氏は「竹久夢二の〝黒船屋〟の絵にも娼妓らしい女が黒猫を抱いている。この句も花柳界の家の情景ではなかろうか」（『文人たちの句境』）と解釈しておられる。黒猫が女性のいる御簾の内を覗いているなどとはちょっと色っぽい。

祇園〝杏花〟にて

仰山に猫ゐやはるわ春灯　（「春燈」昭27）

芸妓が口にした言葉が句になった。

この句について村松友視氏は、宴席に仰山の猫がいることは考えにくいし、また庭に猫が仰山うごめいたりしているのも不自然だといい、つぎのような評釈を加えている。

ふと思い浮かぶのは、猫＝芸者という隠語だ。（中略）酸いも甘いも嚙み分ける粋人であり、花柳界とも馴染みの深い作者は、隠語の由来に拘泥するよりも、あえてこの隠語を宴席らしい洒落の気分でくるみ込み、一句詠んだのではなかったか。襖があいて何人もの芸妓がいっせいに姿をあらわした、その一瞬の目の覚めるような華やぎを、「ぎょうさんネコいやはるわ」と、芝居心含みの京言葉を真似た呟きで迎え、それをそのまま句にしたのでは……」。

（「久保田万太郎、遠心力と求心力の綱渡り」『猫踏んぢゃった俳句』角川学芸出版　平成二十六年）

村松友視氏の話を裏づける本が花輪莞爾の『猫学入門』（小沢書店　一九九七年）。可愛がっていた猫によって難を逃れた遊女の話があり、「こうしてあまりに親密なためか、猫革の三味線をつかうためか、すぐに男と寝る（寝子《ねこ》）のためか、こうした職業の女性を〝猫〟と呼ぶようになった」とあり、これは西欧でもこの種の商売をしている女性は猫と結びつくのはおなじだという。

芸者がことのほか好きだった久保田万太郎の句であれば、このような解釈が理解できそうである。

梅雨の猫つぶらなる目をもちにけり　（「春燈」昭24）

久保田万太郎も猫を膝の上に抱いて猫より気持ちよさそうな表情で写っている写真がある（口絵）。

猫のことを話したり、書いたりすると止まらないのが「猫好き」なのであろう。ここに書きたいこともどれだけあるか分からない。ぼくのそばで寝転がっている二匹の相棒のことだけでも考えると、もう仕事なんてどうでもいいと思ってしまう。

久保田万太郎がことのほか猫を愛したことを思い、いますこし猫を書いて、久保田万太郎を偲ぶよすがにしたい

先にも書いたように作家たちのなかで、猫好きな人がよくとりあげられている。三島由紀夫が書斎で猫を前にしての、あの煙草を吸いながらなんとも癒されているような写真はよく知られている。三島由紀夫が猫の生態について書いている面白い文章がある。少し長いが猫

好きな方のたいへん参考になる。

私は書斎の一隅に眠つてゐる猫を眺める。私はいつも猫のやうにありたい。その運動の巧緻、機敏、無類の柔軟性、絶対の非妥協性と絶妙の媚態、絶対の休息と目的にむかつて駆け出すときのおそるべき精力、卑しさを物ともせぬ優雅と、優雅を物ともせぬ卑しさ、いつも卑怯であることを怖れない勇気、高貴であつて野蛮、野性に対する絶対の誠実、完全な無関心、残忍で冷酷、……これらさまざまの猫の特性は、芸術家がそれをそのまま座右銘にしてもをかしくない。

(『裸体と衣装―日記』新潮社　昭和三十四年)

また堀江珠喜氏は『猫の比較文学―猫と女とマゾヒスト』(ミネルヴァ書房　一九九六年)のなかでおなじようにこの三島由紀夫の文章を引用して、猫を見つめている写真については次のように述べている。

猫はカメラに背を向けているのでその表情はわからないが、おそらくは三島を見ているのだろう。執筆中の気晴らし以上の、「孤独」な戦いにおけるオアシスのような心の休まりを、猫にたいして感じていたのではなかったか。この写真では、三島の目が猫の魔力にとらえられ、その思考や煩悩までも吸い取られてゆくように感じられる。ある種の解脱状態を呈しているとさえ思われるのである。（「猫と生活」）

とこのように深い読みもできるたいへん貴重な一枚である。

猫はどこにいても人のこころに住みついてくる、ふしぎな動物であるが、ここにまたひとり、猫に蘊蓄をかたむけないではいられない人がいる。開高健である。「猫と小説家と人間」（『言葉の落葉Ⅲ』冨山房　昭和五十六年）というエッセイで次のように述べた。

言葉を眺めることに疲れてくると私は猫をさがしにたちあがる。猫ほど見惚れさせるものはないと思う。猫は精妙をきわめたエゴイストで、人の生活と感情の核心へしのびこんでのうのうと昼寝するが、ときたまうっすらとあける眼はぜったいに妥協していないことを語っている。媚びながらけっして忠誠を誓わず服従しながら独立している。

開高健をしてまったくお手上げの状態である。先の三島由紀夫のレトリックと比べると、二人の文学者の猫の観察眼が似かよっているのが、まさに猫の生態をあらわしている。

最近は誰彼の随筆を読むのが好きである。随筆の面白さはその人の意外な一面を知ることができる。音楽評論家の遠山一行にもそのものずばり『猫好きの話　西麻布雑記』（小沢書店一九九六年）という本がある。もちろん音楽についての興味ある話がたくさん書かれている。だが、猫についての話は短いエッセイが四篇だけである。なのに本のタイトルはこの通り。いかに猫好きなのかが分かろうというものだ。

三隅一子との再会

久保田万太郎はせっかく鎌倉から湯島天神町に移ってきたのだったが、妻きみと性格が合わなくなって、その家にもあまり帰らなくなっていたことは前に書いた。大仁ホテルに出かけたり、銀座に移転した清岡旅館に宿泊して執筆することが多かったようだ。

『全集』の年譜を見ると昭和二十八年（一九五三）の欄に「三隅一子と再会す」とある。久保田万太郎の三十年来の一番弟子と称する川口松太郎によると、あるとき、阿木翁助から「久保田先生に恋人ができた」という話をきいた。自分が知っている女性だという。

そのことがあって後日、蕎麦を食べに行きつけの店に行くとそこに女性と一緒の久保田万太郎がいた。そのときの様子を川口松太郎は『久保田万太郎と私』の中で次のように書いている。

「川口さん、お忘れになったでしょうか」

先生より先に女性がいった。私の知っている人と聞いていたが、どうもはっきりしない。

「忘れました」

私流にはっきりいったが、いったあとで思い出した。その昔の仲の町名妓といわれた人の年老いた姿だ。（略）

久保田万太郎は一言「三隅一子だ」といった。川口松太郎は、彼女は「芸も上手だったし、相当に派手だった昔を、おぼろげながらおぼえている」が、いまの彼女は「声も態度も苦労しつくした人のたのもしさとでもいうか、物静かで垢ぬけていて、先生と並んでいて、ぴたりと釣り合いがとれている」とそのときの印象をこのように書いている。

また、久保田万太郎の女性問題を厳しく論じていた後藤杜三は、いま、三隅一子となった六十近い彼女は川口松太郎が言ったように、鍛えた芸と、各界の一流の人物に接した経歴が品の良さを感じさせて、行き届いた心づかいが身についていたといい「赤坂に現れた一子こそ、万太郎にとって、間然するところのなき女性であったことは、その後、全き家庭（?）を営んで互いに生を終えたことが如実に証明している。互いに六十爺婆の不思議な出会いであった」と二人の結びつきには大変な賛意を示して、めずらしく久保田万太郎に温かい視線を送っている。

久保田万太郎はこの頃、執筆よりも演出の仕事が多かった。川口松太郎はそのような状態の久保田万太郎に演出の仕事を減らし、小説を書くようにすすめた。この時の久保田万太郎の返事は「自分の書く世界はきまっている。そうたくさんはかけない」というものだった。東京下町の世界である。「自分の世界をくずしたくない」という久保田万太郎の気持がわかり川口松太郎はおおいに反省している。

久保田万太郎が後に読売文学賞を受賞した『三の酉』（中央公論）を書いたのは昭和三十一年になってからである。まさに久保田万太郎の面目躍如たる作品である。この年は「春燈」の十周年でもあった。

ぼくは、この一ト月ほど、東銀座……とはいふまい、いまはむかしの木挽町の、鎌倉にゐた時分からのなじみの旅館の一室に、わが身一つの、だれにも、何ごとにもさまたげられないあけくれを送っている。

（『三の酉』あとがきに代へて）

『三の酉』が出版された後、久保田万太郎は日中文化交流使節として、青野季吉、宇野浩二とともに中国へ行った。そのとき長男耕一を秘書として連れて行っている。母京の死の後、久保田万太郎の妹小夜子に世話をしてもらいながら生活していたのだったが、外出の多い父親とは会話も少なかった。

耕一は昭和二十二年に里見弴の媒酌で横井伸子と結婚している。また久保田万太郎は里見弴の三男の結婚の媒酌をやる、といって嬉しそうだった。そんな二人が一緒に中国へ行くというので周囲もよろこんでいた。

耕一を幼いころからよく知っている川口松太郎は耕一のことを「癖もあるが性格が美しい。素直で淋しがりやで友達を大事にして、文章もうまい」とたいへん気に入っている様子だ。

耕一はむかしから父との会話が少ないことについて自分のことはよく理解してくれていると思うし、自分も父の考えはわかっているつもりだといっている。中国でも一人では何もできない父親の世話をした。世話を焼く方もされる方も嬉しかったに違いない。

しかし、耕一は胸を病んでいた。『三の酉』が読売文学賞を受けたのは昭和三十二年の一月であった。その喜びもつかの間、耕一の容態が悪化した。二月に、肺結核のため、妻の伸子一人に看取られて亡くなった。

二月二十日、耕一、死去

春の雪待てど格子のあかずけり　（「春燈」昭32）

所懐

われとわがつぶやきさむき二月かな　（「春燈」昭32）

三月五日、雪ふる。……去年の十一月十七日北京にて逢ひたる雪をおもふ……たまたまこの日、耕一の二七日にあたれり。

ほとほととくれゆく雪の夕かな　（昭32）

耕一はまだ三十五歳だった。母親を早くに失くし、父としても十分なことをしてあげられなかった。いなくなってしまうと、いろんな悔いがうかんでくる。昨年一緒に中国にいったときには、体の具合が悪かったのに、黙って嬉しそうに世話を焼いてくれた。今日のように北京も雪だった。川口松太郎のはなしによると、耕一はおれを尊敬しているといっていたそうだ。耕一は「父は私の心の中を常に見抜いてゐたに違ひないし、見守つてゐてくれたに相違ないと信じてゐる」（「親一人子一人の弁」『全集』好学社　月報）とエッセイに書いていた。

久保田万太郎は妻きみが住む家には帰らず、三隅一子の家に同居するようになった。

こたへて曰く、方違へ……（三句）
連翹やかくれ住むとにあらねども（「春燈」昭32）
あたたかやしきりにひかる蜂の翅（同）
花待てとはつ筍のとどきけり（『流寓抄』）

「明治二十二年―昭和三十三年……」（『私の履歴書』）の記述のなかに次のような文章がある。

ぼくは、昭和三十三年を、〝連翹やかくれすむとにあらねども〟の仮の住居でむかへた。……これは、三十二年の春以来、ぼくの、かねての念願だつた〝仕事場〟を、旧市内、赤坂に属するある町の一角にさがすことができた……その小さな家のことをいふのである。

港区赤坂伝馬町十番地。この家が三隅一子のすまいだった。誰にこたえたのであろうか。三隅一子の家に居ることとは弟子たちの誰にもいっていなかったが、二人でいるところをみられたのであろう。話はすぐにひろがったとおもわれる。

一人息子を失った久保田万太郎のさびしさを紛らわすには、今は三隅一子が傍らにいてくれることで落ち着くことが出来た。もう久保田万太郎は六十八歳である。性格が合わない妻と一緒にいるより、落ち着いた日常を送りたい思いに、三隅一子はよくこたえてくれた。世間の常識に敵わないことはわかっているが相手も離婚を承知しない。

春のあたたかい陽ざしのなかでひとときのんびりしている。桜の季節にはまだ間があるが、知り合いから旬の筍が送られてきた。伝馬町に居ることを知っているのは弟子の誰かだろう。弟子連中もそんな師匠を見て安心しているようだ。

五月三十日、耕一百ヶ日

尋《と》めゆけどゆけどせんなし五月闇　（「春燈」昭32）

二月二十日、耕一、三回忌　二句

梅の句を染めし供養のふくさかな　（「春燈」昭34）
何おもふ梅のしろさになにおもふ　（「春燈」昭34）

久保田万太郎は自分もまた執筆や脚色・演出の仕事で忙しかった。昭和三十二年十一月には文化勲章を受章。十二月には日本演劇代表として喜多村緑郎、宮口精二、北條秀司などとともにふたたび中国へ行っている。哀しみに沈んでいる暇もなかった。

五月には耕一の遺稿集『若い星』（遺稿集編集委員会編　昭和三十二年）を出している。それこそ久保田万太郎のこころはまだ五月闇のようであった。これを読んだ人はふたたび故人を思い返したことだろう。月日の経つのは早い。小説『火事息子』を出版したし、「文藝春秋」に連載した『心残りの記』も翌年に上梓した。生前最後となった句集『流寓抄』を出したのもこの時期である。

ぼくは、東京を捨てゝ鎌倉にうつり住んだ。……

……そのとき以来である。ぼくに、人生、流寓の旅のはじまったのは……

そして、そのあと、はやくも十余年の月日がすぎた。

そのあひだで、ふたゝびぼくは東京にかへるをえた。が、ぼくの流寓の旅は、それによって、決して、うち切られなかった。……かくて、この世に生きるかぎり、ぼくは、この不幸な旅をつづけねばならないのだらう。

と、このように『流寓抄』の前書でいっている。

前年に古希を迎えた久保田万太郎は、翌三十五年十一月に三隅一子とともに港区赤坂伝馬町から同区福吉町一番地に転居した。

福吉町にうつりて一年、ふたたび冬をむかふ

はつしぐれ垣つくろいしばかりかな　（「春燈」昭36）

新しい住居に移りなんとなく気分がゆったりしている様子だ。久保田万太郎が生きていることをしんみり感じているころだった。

長男・耕一との思い出

耕一が亡くなったあとその追悼集が出た。
この『若い星』と名づけられた本には「久保田耕一記念」とあり、耕一の幼い時からの写真が十数葉入っていて在りし日の姿が偲ばれる。父親にはそれほど似ていないように見えるが、端正な顔立ちは母親似だったのだろうか。大正十一年（一九二三）頃と日付のある一歳と少しの耕一を抱いている久保田万太郎が、京夫人と一緒に満面の笑顔で写っている写真が印象的だ。
写真のページのなかに「黒揚羽」という文章がある。日暮里の渡辺町にいたときのもので、
耕一、とつて今年五つになった。おぢいさんとも、おばあさんとも遠く離れてたまにしか逢はない。女中たちを相手に、毎日土いじりをしてこのごろは暮してる。芝居もみなけ

れば、まだ、活動写真といふものもみたことがない。たまに母親が三味線を出しかけても機嫌をわるくする。――わたしが育つて来たときとは全く違つた育て方をしてきてるのである。

この子に幸あれ。

という、大正十五年頃である。十二年に関東大震災で家を焼かれ、その十一月、両親弟と別れ、渡辺町に家を持ち、初めて親子三人で生活したことは前に書いたが久保田万太郎はこのなかで「機会さへあればわたしは、もう一度、生れた土地へいつでもかへりたいと思っている」ともいっている。しかしこの土地へ移ってきたおかげで芥川龍之介と懇意な仲にもなったのである。

目次を見ると初めに久保田万太郎の「無言」と題する随筆（昭和十八年七月　婦人公論に掲載）があって、次のような耕一の作品が掲載されている。「親一人子一人の辯」（随筆）、「若い星」（戯曲　一幕）、「女二人」（戯曲　二幕）、「花火のゆくえ」（ラジオドラマの脚本）、「コメディの出来るまで」（ラジオドラマの脚本）で、父親譲りなのか戯曲やラジオドラマを書いている。

続いて耕一の友人・先輩の「悼」になっていて小泉信三、伊馬春部、青野季吉、川口松太郎、戸板康二、花柳章太郎など六十八名もの人がそれぞれ故人への思いを寄せている。愛称の「耕ちゃん」という呼びかけが切ない。

ここに掲載された「無言」は耕一が慶應義塾大学文学部哲学科を昭和十八年（一九四三）に卒業する年に書かれている。内容は「わたし」（久保田万太郎　五十五歳）、が「君」（耕一二十三歳）に話しかける形で、幼い頃のことや、男の子を育てる自分の考えを述べている。久保田万太郎は渡辺町の家の生活は気に入っていたといい、君は縁側でいつも女中を相手につみ木あそびをしていたと耕一にいっている。ここで泉鏡花との話がある。

ところで、この、君のつみ木について話がある。

あるとき、九九九会（泉鏡花を囲む会）で鏡花先生にお目にかかると、

――どうです、お小さいのは？　……お変りありませんか？

と、先生、君のことを聞いて下すつた。

――有難うございます。……お蔭さまで、このごろは、すつかり丈夫になりました。

と、わたしはこたへた。

――毎日、何をしておいでです？　……いままで大ぜいさんだつただけに……

といふ意味は、先生、浅草のうちのことをお指しになつたのだ。

——女中を相手に、結構、一日遊んでをります。……何んですか、毎日、だまつてつみ木ばかりしてをります。

何の気なしにわたしはいつた。

と、

——いけない、いけない、そんな寂しいことをいつちやァいけない。

急に、先生、手をふつておいひになつた。……途端に、わたくしも、はッとなつた。……大写しされたその君の恰好……

——どうして、あの子は、もつと口をきかないんだらう？

たまらなく、わたしは、寂しくなつた。……その晩、いつものやうにわたしは酔へなかつた。

珍しい泉鏡花との、それも耕一についてのはなしである。つみ木の句は前に紹介した。四歳になった耕一を見て詠んだ。

さびしさは木をつむあそびつもる雪　（『草の丈』昭2）

ここに紹介した文章のまえに、家の中の情景を、耕一は女中とつみ木あそび、彼女（京）は縫物をしていて、自分も黙って庭を見ていて、そんな三人は無言でいる、というように書いている。他から見るとなにか冷たいような家族にみられるかもしれないが、久保田万太郎はそういう家族だが「わたしたちは何をいふこともなかつたのだ。……何をいはなくても、私たちは、それで充分、満足できたのだ」というふうに思っていた。この頃は気にいった住まいでの平和な家庭がうかがわれる。

久保田耕一は大正十五年三月に慶應義塾幼稚舎から普通部に進んだ。幼稚舎から普通部の六年間を一緒に過した丸　博さんはその頃のことを、和服姿で腕組みをして立っている福沢諭吉の像を毎日あおぎみていたなかで「誰一人として僕達生徒に対してしかつめらしい説教をしようとする者もなかったが、それでいてこの学園で育てられていたうちに、人生になにが正しいことか、また、なにを求めて生きてゆくべきかを無意識のうちに教え込まれたような気がする」と自由な雰囲気だったことをなつかしく回想している。ほかの幼稚舎からの友人も同じような思いで久保田耕一との交友を偲んでいる。

昭和十六年に慶應義塾大学経済学部予科を卒業しさらに文学部哲学科（教育学専攻）に進み十八年十月に卒業している。昭和十九年の六月から十月まで東部第六部隊に入隊し、その後は慶應義塾幼稚舎、東宝株式会社芸能部に就職、つぎの東宝芸能事業株式会社では新宿セントラル劇場、浅草セントラル劇場に勤務した後、昭和二十七年四月に日本放送協会専属作家になっている。この追悼号に掲載されている作品などを書いていた。

戯曲「若い星」は、追悼文を寄せている中村正典氏によると、昭和二十二年十二月に有楽座で上演され、製作は新東宝の伊藤基彦、演出は八木隆一郎で中村氏が装置を担当したという。「〝若い星〟は題名通り大変清潔でファンタスティックな作品だった」と懐かしんでいる。そのほかにもセントラル劇場時代に十本ぐらい、テレビの仕事も装置家として協力したという。芝居やドラマの文才は父親の血を受け継いでいたのだろう。

耕一は「親一人子一人の弁」のなかで「物心ついてからこの方、父と私との間に交された会話はそのまま全部速記して置いたとしても恐らく一篇の多幕物戯曲に及ばないであらう。それ程二人は語り合はない親子である（中略）。世間的に見れば、私程親不孝な息子はゐないだらうし、又逆に父程子供に無関心な、およそ父性愛が欠如してゐるかに見える父親も類がないだらう。けれども私は決して無情な父とは思つてゐないし、父も亦私をそれ程不幸な伜とも思つてゐないらしいのだから、人にはどう見えようと二人にとつては一向に差支へはないわけである」といい、周囲の目が冷たい親子関係というふうに見ていることを否定している。

また、大正十二年頃から久保田万太郎の家に奉公した高橋よねさんの話では、ちょうど震災のあとに渡辺町へ引越した頃のことだが、親子三人、着がえのみ一枚しか持っていなかった状態だったという。

渡辺町から、諏訪神社のお邸へお移りになりましたが、わたくしどもの眼から拝見致しましても、ほんとうに、なんと申しますか、しあわせなご家庭でございました。／奥さまは、お坊ちゃまが、かわいくて、かわいくて、わたくしが、お坊ちゃまを、おんぶして出る以外、おもてには、お出しにならず……

（同『追悼記』）

というようなことであった。前にも書いたように、渡辺町や諏訪神社前での生活は耕一の可愛さもあって、高橋よねさんのいうように明るく落ち着いた状態だったようだ。『草の丈』のなかに次の句がある。

二階八畳と六畳、階下八畳と六畳と四畳半、外に台所に所属せる三畳、これがいまゐる渡辺町の家の間取である。このなかでわたくしの最も好きなのは階下の四畳半である。奥まつた感じをもつてゐるからである。すなはちこの部屋をえらんで茶の間に宛つ。

ひぐらしに燈火はやき一ト間かな

久保田万太郎はこの渡辺町の家の二階の部屋で一日の大半を過ごしていたという。「その渡辺町の二年あまりのあけくれは、わたしの一生でのいい生活だつた。うそのない生活だつた。美しい生活だつた」と書いている。久保田万太郎はこのあと昭和九年に耕一の通学に便利な芝区三田四国町に転居している。

耕一を失くしてしまったが、その後の三隅一子との生活は久保田万太郎にとって救いになっていた。

湯豆腐やいのちのはてのうすあかり

久保田万太郎の生活は落ち着いてきたが、耕一が居なくなった後、口数が少なくなっていたことは周囲も気がついていた。

十六歳の頃から久保田万太郎の弟子だといっていた川口松太郎はその師匠に何でもいえたようだ。福吉町に引っ越してからの三隅一子との生活の様子を『久保田万太郎と私』に書いている。もちろん小説風な回想録でもある。本当のこともあれば、家庭内のことはたとえ川口松太郎といえども想像するしかない。しかし、性格から食べものの好き嫌いまで久保田万太郎のことはよく知っているわけで、そう的外れなものでもないだろう。三隅一子も久保田万太郎の好みはよく調べて慣れたようでこんな会話も書いている。

「湯豆腐で一杯召上がって、御飯には一口カツを揚げます」

「僕の好きなものばかりだ」

（中略）

「食べ物は野暮なんだよ。生ものが食べられないから、刺身の味を知らない」

「銀座の岡田へよくいらっしゃるけれども何をあがって」

「玉子焼、豆腐のあんかけ。柳川鍋」


ものをあまり食べなかった。お洒落な面もあった久保田万太郎ではあったがもうそれほど気にしなくなっていたのが、三隅一子と暮らすようになってから様子が変わってきた。誰が見ても身綺麗になったのだ。飲み屋などのつけもきれいに無くなっていた。もちろん三隅一子が支払いを済ませていた。きみは浪費癖があったので財布は自分が管理していたがもうその心配もしなくてよくなった。三隅一子のやりくりもよく、周囲への心遣いも評判が良かった。

久保田万太郎は昭和三十六年（一九六一）四月に、糖尿病治療のため慶応病院に入院。胃潰瘍の精密検査で癌の疑いがあり、開腹手術をうけたが癌でないことが判明した。この時も三隅一子は看病に懸命だった。

このたびうつりたる住居、庭いさゝか広し

越して来てみつけしものや返り花　（「春燈」昭35）

落葉風しきりにおこる日なりけり　（同）

飛石の一つ一つの寒さかな　（同）

燈籠に笠もどりたるみぞれかな　（『流寓抄以後』）

槖駝《たくだ》来て寒ンの鋏を鳴らしけり　（「春燈」昭36）

福吉町に引っ込ししてきてこのような句を十一月から翌年の一月にかけて詠んでいる。前書はみなおなじである。五月になって手術のためにレントゲンを撮る時に、

レントゲン室にて

それとなき病のすゝみ風薫ず　（『流寓抄以後』）

という句を詠んでいる。正月は好きな酒も断っていた。家に集まってくる、いわゆる「茶

の間の会」と称する弟子連中や、飲み仲間の酒盛りを横目に見て、わが身の心細さもあり、悄然としていたことだろう。

この年、七月と八月にも入院して検査をしたが特に何事もなかった。

胃潰瘍の手術したる日よりかぞへて、はやくも今日は百五十日めなり
ひやゝかにふたゝびえたるいのちかな　（「春燈」昭36）

入院時には本妻のきみが見舞いといってきたのだが、病室には三隅一子がいるので押しとどめるのに弟子連中はたいへんだったたという。

三隅一子は久保田万太郎の行く先々で影のように付き添っていた。写真で見ると美しい人だと言うことがわかる。年齢からくる静かな落着きがあり、久保田万太郎がやっと得た安らぎだ、という周囲の話もうなずける。

昭和三十七年十二月九日にその三隅一子が斃れた。その日、久保田万太郎は句会があり、終わったあと帝国ホテルでの知り合いの結婚披露宴に出た。三隅一子がいつもなら迎えに来

るはずなのにこの日は来なかった。「先生も不振に思ったようだったし、ぼくもめずらしいことに思った」と安住敦も書いている。しかし、三隅一子は夜遅い久保田万太郎の帰りを待って、寒風のなか外で長時間立っていたようだ。ようやく戻ってきた久保田万太郎を迎えて冷えた体で風呂に入った。それが悪かった。脳卒中だった。

翌日、慶応病院に入院。本人は目を覚ますこともなかった。久保田万太郎の大事な人の安否を気遣う人たちが大勢見舞いにきた。

手術がなされたがその甲斐もなく、三隅一子は十七日に亡くなった。久保田万太郎はこの間病室の隣りに部屋をとり連日付き添いで看護した。告別式は、久保田万太郎が自分の葬式はここでといっていた文学座で、家族と同様の格式で行われた。

三隅一子の死は久保田万太郎にとって生きる気力を失わせるような突然の出来事だった。昭和三十二年二月に、長男の耕一を失くしたころから、赤坂伝馬町の三隅一子の家に隠れ住むようになってからわずかに五年余りの同棲だった。

一子の死をめぐりて（十句）

きさゝげのいかにも枯れて立てるかな　（「春燈」昭38）

何か言へばすぐに涙の日短き　（同）
燭ゆるゝときおもかげの寒さかな　（同）
たましひの抜けしとはこれ、寒さかな　（同）
戒名のおぼえやすきも寒さかな　（同）
なまじよき日当りえたる寒さかな　（同）
何見ても影あぢきなき寒さかな　（同）
身に沁みてものの思へぬ寒さかな　（同）
雨凍てゝ来るものつひに来しおもひ　（同）
死んでゆくものうらやまし冬ごもり　（同）

これらの句を見ても、七十三歳の久保田万太郎がいかに三隅一子を頼りにしていたかがわかる。あの小島政二郎が「一生の最後にいい連れ合いを得た万太郎を私は喜びたい。私はよそながら、若い頃の一子を知っていた。彼女が年を取ってから、こんなに万太郎を喜ばせる女になろうとは思わなかった」（『俳句の天才』）と晩年の久保田万太郎の幸せな様子を祝福している。

三隅一子のいない福吉町の家に一人いても思うのは彼女のことばかりである。二十七日に、銀座百店会の忘年句会に出席した。ひさしぶりの外出だった。

この句会で詠まれた句が、のちに俳句を愛する人々のこころを揺さぶり、おのれの人生の深淵を考えさせる名作として愛唱されている作である。

湯豆腐やいのちのはてのうすあかり　（「春燈」昭38）

中村哮夫氏によると「その時の出席者は皆声を失ったと言う。私もこの句が「春燈」に載ったとき絶句した。（中略）俳句によってかくも心をゆさぶられた覚えは、空前であり絶後であった」（『久保田万太郎—その戯曲、俳句、小説』）とその驚きをこのようにいっている。

三隅一子の死を知っている者は、愛する人から取り残されている久保田万太郎のこころのうちを察し、その悲しみに同情しているであろうし、またこの句だけを読む者にとっては、わずか十七文字のなかに、限りある人の命に、しかし生きていかなければならない苦悩があることを教えられる。

三隅一子との生活を始めたころ、

たよるとはたよらるゝとは芒かな　（「春燈」昭32）

このような句を詠んでいる。芒のようにゆらりゆらりしながらもおたがい頼り頼られしていけるといい。久保田万太郎は六十八歳、三隅一子は五十七歳だった。これまでいろいろなことを経験してきた。悲喜交交、人生には誰にも浮き沈みがある。この年になって、もうむずかしいことはごめんだとも思う。

毎年、正月になると久保田万太郎の家には弟子や知り合いが集まり賑やかであった。この福吉町に移って来てからも賑やかな正月であったが、今は好きな酒を飲んでもうまくはない。久しぶりに鎌倉へ行ってみようかと安住敦にいったりした。鎌倉には今日出海や永井龍男もいる。十年も住んでいた鎌倉ではいろんな人に世話になったと感慨深げな様子だった。「湯豆腐や……」を詠んだあとも今の自分を見つめなおすような句を詠んでいる。

鮟鱇もわが身の業も煮ゆるかな　（「春燈」昭38）

人の世のかなしき桜しだれけり　（同）

あぢきなき昼あぢきなく目刺焼く　（同）

など世捨て人のような姿が見え隠れする。「わが身の業」とはいささか思いつめたようであるが、「あぢきなき」はずっと望んでいた、いままでにない落ち着いた生活を奪われた男の切なさが迫ってくる。

一人〝まるたか〟にて小酌
花冷えのうどとくわゐの煮ものかな　（「春燈」昭38）
花冷えのみつばかくしのわさびかな　（同）

季節は黙っていてもめぐってくる。
久保田万太郎は「春燈」創刊時から一回も俳句の選を休まず十八年続けたという。このことは久保田万太郎の主宰者としての責任感もあったのは言うまでもない。しかし、そのことに加えて成瀬櫻桃子の見解は安住敦の献身的な尽力があったからだという。成瀬櫻桃子は安住敦について次のように述べている。

敦が万太郎の作品を通じて憧憬しいわば心のなかの師としていたのは、昭和初年、二十代の頃からと思われ、謦咳に接するようになったのは、太平洋戦争中に敦が日本移動演劇連盟に職をもっていた頃からである。

（「久保田万太郎と安住敦」『久保田万太郎の俳句』）

安住敦と大町紀が憧れの久保田万太郎を主宰に迎え「春燈」を創刊したのは前にのべた通りである。戦後の物資不足のなかで資金もやりくりをして安住敦は、久保田万太郎に懇願して起こした「春燈」を必死で守りぬいて来た。成瀬櫻桃子はさらに久保田万太郎の晩年の充実した作品は「敦の〝縁の下の力〟が無かったならば完遂されなかったであろうと言っても過言ではない」とまでいっている。安住敦は久保田万太郎没後もなお「縁の下」を自身に言って聞かせていたと、成瀬櫻桃子は感じていたし、師弟とはそういうものだと思っていた。

久保田万太郎は表立って俳句について論じたものはない。先に紹介したように「春燈」の選後に考えを述べているくらいだ。他には自分の句集の序や跋にかいている程度だった。自身の俳句は余技だと言った言葉は有名だが、『久保田万太郎句集』の後記に次のように述べているのでその理由がわかる。

わたくしは俳句を、小説を書き、戯曲を書き、演出に関する仕事をするひま〳〵を縫ってつくります。

従ってわたくしの俳句はわがまゝであります。必ずしも俳句の規格にしたがひません。しかしわたくしをはなれて……わたくしの生活職域をはなれてわたくしの俳句は存在しないのであります。

久保田万太郎がいっていた「俳句は浮かぶものです」という言葉は一見、不遜にきこえそうだが、十六歳頃から俳句を学び、いろいろな人と出会い、教えられ、小説や戯曲を書くようになると、いやがうえにも人の心理を追求しなければならない。そういう環境の中で自然に身に付いた感興の一種だろう

三隅一子への思念は増すばかりであるが、役職や人との付き合いも多く、この日、昭和三十八年五月六日、久保田万太郎は中村汀女の「風花」十五周年祝賀会に安住敦とともに出かけた。会場は八芳園。朝からの雨で安住敦は「このごろめっきり衰えを見せ始めた先生の介添えのつもり」だったという。

午後、来賓の挨拶が終った頃二人は会場を出た。車に乗った。慶応病院に寄っていくことになった。久保田万太郎の紹介で、弟子の稲垣きくのが入院していた。福吉町の家は稲垣きくのの持家だった。

あれは青山一丁目の交差点にさしかかる手前だっただろうか。

――花というもの……

と、突然先生はおっしゃった。

……その年によって妙に目につく花というものがありますね。

――ことしは何の花です?

と受けながら、ふと先生の視線を追ったわたくしの目に、とある屋敷の庭に咲き垂れたコデマリの花があった。

――こでまりの花に風出できたりけり

と、先生はつぶやかれた。わたくしのきいた先生の最後の句である。

これは安住敦の『俳句への招待』(文化出版局　昭和五十九年四月)の「自句自註」に書かれ

ている二人の会話である。この日、久保田万太郎は梅原龍三郎邸へも招かれていた。時間がありいったん、福吉町の家へ戻ったあと車で出かけたが、安住敦は電車通りで車を降りた。「ごくろうさまでした」久保田万太郎はいった。安住敦が聞いた師の最後のことばになった。雨はまだ降り続いていた。

久保田万太郎は梅原龍三郎邸で赤貝をのどに詰まらせた。救急車で慶応病院に運ばれたがすでに呼吸は止まっていた。安住敦が久保田万太郎と別れて二時間後のことだった。死因は「食餌誤嚥による気管閉塞に原因する急性窒息死」という診断だった。

この二人の会話の部分は成瀬櫻桃子も『久保田万太郎の俳句』のなかの「久保田万太郎と安住敦」の章で引用している。戦後すぐに、安住敦と大町糺の二人で久保田万太郎を主宰に願い「春燈」を創刊した。久保田万太郎は五十六歳、安住敦は三十八歳だった。これまで守り抜いて来た安住敦にとって、師の突然の死の日にすごした時間は生涯忘れられない時間になった。安住敦の後を継いだ成瀬櫻桃子もそのことを強く理解していたことだろう。

五月六日、久保田先生急逝

こでまりの愁ふる雨となりにけり　　敦

葬儀は五月九日、築地本願寺で行われた。

なぜ、あのような死に方をしたのか。いつもは食べない赤貝など、どうして口にしたのかなど弟子や友人はくやしがった。梅原龍三郎邸で醜態をみせてはならない、江戸っ子気質が人前でものをはきだすなどできない、という思いもあったのだろうと、久保田万太郎の気質を思いやる話も出た。三隅一子が亡くなってまだ半年しかたっていない。

自宅での通夜に一度しか会っていなかった遺児の佳子も出席していた。戸板康二はその時の様子を「幡ヶ谷の火葬場に向けて出棺する前に、いちど柩の蓋をとった。万太郎の顔はしずかに眠っているように、おだやかであった。この時、佳子が号泣したのをぼくは見ている。その思いは、他人には到底うかがい知ることができなかったであろう」と書いている（『久保田万太郎』）。

久保田万太郎は、一時的な放蕩生活を指摘されいろいろ言われていた。だがこれまでみてきたように、一人の人間としてはたいへん魅力的な存在だったと思う。関東大震災や戦災で家を焼け出されて、生涯にわたり落ち着いた生活をもつことがすくなかった。そうでありながら小説家、戯曲家、演出家の仕事は膨大である。余技などと言いながら俳人としてもその技量は誰もおよばない実績であろう。

公的な様々な役職を引き受けたのを権威主義者だと陰で悪口をいう奴がいたが、誰が何もできない人間に依頼するわけがない。また自ら望んでもできるものではないだろう。いま、久保田万太郎が生存していたなら文化庁長官を委嘱してもいいくらいだ。

春麻布永坂布屋太兵衛かな　（『わかれじも』昭9～11）

久保田万太郎は蕎麦が好物だった。安住敦が俳句の選をお願いに行って、終わると一緒に家を出て、黒門町の蓮玉庵という蕎麦屋によく立ち寄った。安住敦は久保田万太郎亡きあとも所用で蓮玉庵の近くに行くと必ず寄って、師を偲びながら一人ぼそぼそと蕎麦を食べたという。

釣堀に出前の蕎麦の届きけり　敦

久保田万太郎の戯曲「釣堀にて」が頭にあったのだろうか。釣果はなくてものんびり蕎麦を楽しみたい気分だ。気の合う中年の男ふたりがいい。昔から蕎麦は旨いのである。

わたくしの死ぬときの月あかりかな　（『季題別全俳句集』昭30～34）

この句は追悼句がうまかった久保田万太郎の自分への追悼句のようなものになった。

あとがき

私が久保田万太郎の名前を偶然に知ったのは、昭和三十八年五月七日の朝だった。それは久保田万太郎が画家の梅原龍三郎の邸宅で食事中、食べ物をのどに詰まらせて亡くなったという新聞記事だった。私は高等学校の三年生だった。この人は小説家で戯曲も書き、舞台の演出も行い、そればかりか俳句の名人でもあったというほどの知識を持った

折口信夫が卒業し教壇に立った大学に入ったが、この人のことも何も知らなかった。学年が進み岡野弘彦先生の授業を受けた。この方が折口信夫の最後のお弟子さんだった人だとその頃は知っていた。

卒業して、そのまま大学の事務職に就いた。岡野先生とも面識が出来てお話を伺う機会も増えた。歌集もお出しになると署名をして下さった。そういう中で折口信夫が久保田万太郎に國學院大學の講師を依頼したことを知った。あの新聞記事が蘇った。

この『詩人の魂　久保田万太郎』は二〇一二年三月から三人の仲間と、年三回出している「感情」という同人誌の第八号（二〇一四年十一月）から「俳句に徘徊―久保田万太郎に添いながら」という題で連載を始めた。久保田万太郎のことは正直にいって全く知らないのである。本文にあげたような、久保田万太郎に関する本を求めて読んだ。しかし、いちばん欲しいのは全句集である。インターネットで調べると、中央公論社版の全十五巻があった。俳句の巻は第十四巻だったが、この巻だけの値段は全巻より高かった。全巻買ったのはいうまでもない。

この俳句の巻の「季題別俳句集」はとても役に立った。一月から順に読んでいくと作者の人生の物語を読んでいくようで、また自らにもあてはまることが多いことにも思いつき、しんみりしたり苦笑もあったりして、表現の奥深さを実感した。

久保田万太郎の文学は本文の「折口信夫との交流」のなかで折口信夫が述べたように、久保田万太郎の小説や戯曲に継続されている江戸の町の文学魂が読者をその世界へ引き込んで行くのだろう。

久保田万太郎の俳句はその魂を十七の文字に凝縮していると思われる。

折口信夫は久保田万太郎の文学は「美しい霧のやうに、人の心をしつとりとさせる。

その潤し方は、倫理的なしめやかな感情である」（『露芝』解説）といっている。そういう感じ方をする折口信夫もまた詩人なのだろう。

最後に、出版に際して今回もお世話になった畏友・小島雄氏にあらためてお礼を申し上げる次第である。

二〇二二年七月　七十七歳になった年に

瀬戸口宣司

参考文献

『久保田万太郎全集』全十五巻（中央公論社　昭和五十年〜五十一年）
『久保田万太郎集』（新潮社　日本文学全集26　昭和三十八年）
恩田侑布子編『久保田万太郎俳句集』（岩波文庫　二〇二一年）
後藤杜三『わが久保田万太郎』（青蛙房　昭和四十九年）
戸板康二『久保田万太郎』（文藝春秋　昭和四十二年）
川口松太郎『久保田万太郎と私』（講談社　昭和五十八年）
小島政二郎『俳句の天才――久保田万太郎』（彌生書房　一九八〇年）
小島政二郎『鷗外荷風万太郎』（文藝春秋　一九九五年）
久保田耕一遺稿集『若い星　久保田耕一記念』（遺稿集編集委員会　昭和三十二年）
吉田健一「久保田万太郎」（『作者の肖像』読売新聞社　昭和四十五年）
石田小坡「『草の丈』久保田万太郎覚書」（『俳句現代3　読本　久保田万太郎』角川春樹事務所　二〇〇一年）
中村哮夫『久保田万太郎――その戯曲、俳句、小説』（慶應義塾大学出版会　二〇一五年）
三島由紀夫「久保田万太郎氏を悼む」（『文藝』集英社　昭和三十八年七月号）

三島由紀夫『裸体と衣装――日記』（新潮社　昭和三十四年）
篠田一士「久保田万太郎」（『三田の詩人たち』講談社文庫　二〇〇六年）
関森勝夫『文人たちの句境　漱石・芥川龍之介から万太郎まで』（中公新書　一九九一年）
江國　滋『俳句とあそぶ法』（朝日文庫　昭和六十二年）
江國　滋『神の御意―滋酔郎句集―』（永田書房　昭和六十一年）
江國　滋『癌め』（富士見書房　平成九年）
江國　滋『おい癌め酌みかはさうぜ秋の酒　江國滋闘病日記』（新潮社　一九九七年）
江國　滋『あそびましょ』（新しい芸能研究室　一九九六年）
山本健吉『現代俳句』下巻（角川新書　昭和二十七年）
山本健吉『基本季語五〇〇選』（講談社学術文庫　一九八九年）
宮﨑健三『現代詩の証言』（宝文館出版　一九八二年）
夏目漱石「硝子戸の中」（『漱石全集』第十二巻　岩波書店　一九九四年）
夏目漱石『漱石全集』第十七巻　俳句・詩歌（岩波書店　一九九六年）
大笹吉雄「久保田万太郎の〝曇り日〟」（『ドラマの精神史』新水社　一九八三年）
楠本憲吉「久保田万太郎の俳句」（佐藤朔・池田弥三郎・白井浩司編『久保田万太郎回想』
　中央公論社　昭和三十九年）
村松友視『アブサン物語』（河出書房新社　一九九五年）
村松友視『猫踏んぢゃった俳句』（角川学芸出版　平成二十六年）
南木佳士『トラや』（文藝春秋　二〇〇七年）

『大佛次郎と猫　500匹と暮らした文豪』（小学館　二〇一七年）
大佛次郎『猫のいる日々』（徳間文庫　二〇一四年）
堀江珠喜『猫の比較文学――猫と女とマゾヒスト』（ミネルヴァ書房　一九九六年）
開高健「猫と小説家と人間」（『言葉の落葉Ⅲ』冨山房　一九八一年）
遠山一行『猫好きの話　西麻布雑記』（小沢書店　一九九六年）
村松定孝「久保田万太郎と鏡花」（『泉鏡花研究』冬樹社　昭和四十九年）
泉鏡花「歌行燈」（『樋口一葉・泉鏡花集』新潮社　日本文学全集3　昭和三十八年）
新潮日本文学アルバム『泉鏡花』（編集・評伝　野口武彦　新潮社　一九八五年）
久保田万太郎「おもひでの両吟」（『三田文学』折口信夫追悼号　昭和二十年十一月）
折口信夫「おもひでの両吟」（『折口信夫全集』第二十八巻　中央公論社　昭和四十三年）
成瀬櫻桃子編著『安住敦の世界』（梅里書房　一九九四年）
成瀬櫻桃子編『木下夕爾句集　菜の花集』（ふらんす堂　一九九四年）
成瀬櫻桃子『久保田万太郎の俳句』（ふらんす堂　一九九五年）
大町糺『さんもん劇場』（近代文藝社　一九八三年）
宮﨑晶子『父　木下夕爾』（桔槹吟社　二〇〇一年）
井伏鱒二「私の好きな詩一つ」（『井伏鱒二全集』第二十四巻　筑摩書房　一九九七年）
井伏鱒二・河盛好蔵　対談「木下夕爾　詩と文学」（『井伏鱒二全対談　下巻』筑摩書房　二〇〇一年）
『井伏鱒二』（群像　日本の作家16　小学館　一九九〇年）

萩原得司「詩と詩人たち」（『井伏鱒二聞き書き』（青弓社　一九九四年）
木下夕爾「鮠釣りのことなど」（『井伏鱒二全集』第五巻月報　筑摩書房　一九六五年）
木原孝一編『アンソロジー抒情詩』（飯塚書店　一九五九年）
朔多恭『木下夕爾の俳句』（北溟社　二〇〇一年）
『生誕一〇〇年　木下夕爾への招待――乾草いろの歳月』（ふくやま文学館　二〇一四年）
木村雄次『花屋の日常』（桔槔吟社　一九九五年）
萩原朔太郎「俳句は抒情詩か？」（『萩原朔太郎全集』第十一巻　筑摩書房　一九七七年）
池田弥三郎「久保田万太郎さんと私」（佐藤朔・池田弥三郎・白井浩司編『久保田万太郎回想』中央公論社　昭和三十九年）
折口信夫・角川源義・久保田万太郎・戸板康二「ほろびゆくものに」（池田弥三郎＋岡野弘彦＋加藤守雄＋角川源義編『折口信夫対話2　日本の詩歌』角川選書68　昭和五十年）
折口信夫「俳句と近代詩」（『折口信夫全集』第二十七巻　中央公論社　昭和四十三年）
折口信夫「『露芝』解説」（『折口信夫全集』第二十七巻　中央公論社　昭和四十三年）
小泉信三「久保田万太郎のこと」（佐藤朔・池田弥三郎・白井浩司編『久保田万太郎回想』中央公論社　昭和三十九年）
高見順「詩への感謝」（『高見順全集』第十六巻　勁草書房　昭和四十六年）
永井龍男「結婚・鎌倉へ移転」（『東京の横丁』講談社　一九九一年）
永井龍男「しっぺ返し」（『久保田万太郎全集』第十巻月報　中央公論社　昭和五十年）
永井龍男『文壇句会今昔――東門居句手帖』（文藝春秋　昭和四十七年）

乾英治郎『評伝　永井龍男――芥川賞・直木賞の育ての親』（青山ライフ　二〇一七年）
小澤實『万太郎の一句』（ふらんす堂　二〇〇五年）
中上健次　角川春樹『俳句の時代　遠野・熊野・吉野　聖地巡礼』（角川書店　昭和六十年）
杉村春子『振りかえるのはまだ早い』（夫人画報社　一九八六年）
杉村春子・小山祐士『女優の一生』（白水社　一九七〇年）
安住敦『俳句への招待』（文化出版局　昭和五十九年）
安住敦『随筆歳時記』（角川新書　昭和三十一年）
安住敦『春夏秋冬帖』（牧羊社　昭和五十年）
西嶋あさ子編『安住敦句集――柿の木坂だより』（ふらんす堂　二〇〇七年）
芥川龍之介「久保田万太郎氏」（『芥川龍之介全集』第七巻　岩波書店　一九七八年）
芥川龍之介「漱石先生の話」（『芥川龍之介全集』第八巻　岩波書店　一九七八年）
芥川龍之介「『道芝』の序」（『芥川龍之介全集』第八巻　岩波書店　一九七八年）
岡野弘彦『折口信夫の晩年』（中央公論社　昭和四十四年）
岡野弘彦『折口信夫の記』（中央公論社　一九九六年）
岡野弘彦　歌集『冬の家族』（角川書店　一九六七年）
高柳克弘『どれがほんと？――万太郎俳句の虚と実』（慶應義塾大学出版会　二〇一八年）
櫻本富雄『日本文学報国会　大東亜戦争下の文学者たち』（青木書店　一九九五年）
大谷篤蔵・中村俊定　校注『芭蕉句集』（日本古典文学大系45　岩波書店　一九八五年）
大村彦次郎『文士の生きかた』（ちくま新書　二〇〇三年）

瀬戸口宣司（せとぐち・のぶし）
1945年生まれ。國學院大學文学部卒業。
詩集に『戯れの哀歌』（冬樹社）、『シャガールの眼』（ワグナー出版）、『そしていま旅の終りに』（創林社）、『桜に逝く父』『歳月』（アーツアンドクラフツ）、『誰かが知っている……』（風都舎）など。評論集に『表現者の廻廊―井上靖残影』（アーツアンドクラフツ）、『「詩」という場所―井上靖・高見順・野呂邦暢・村山槐多』（風都舎）がある。日本文藝家協会・日本現代詩人会、日本詩人クラブ会員。井上靖研究会常任理事。詩誌「感情」同人。

詩人《しじん》の魂《たましい》　久保田万太郎《くぼたまんたろう》

2022年8月31日　第1版第1刷発行

著者◆瀬戸口宣司《せとぐちのぶし》
発行人◆小島　雄
発行所◆有限会社アーツアンドクラフツ
東京都千代田区神田神保町2-7-17
〒101-0051
TEL. 03-6272-5207　FAX. 03-6272-5208
http://www.webarts.co.jp/
印刷　シナノ書籍印刷株式会社

落丁・乱丁本はお取り替えいたします。
ISBN978-4-908028-76-2　C0095